刊行によせて

中村ユキ

私は大阪育ちの普通の、絵を描くことが大好きなおばちゃんです。

そして、4歳から30歳くらいまで、この本の著者である瀬良垣りんじろうさんと同じように、統合失調症の母とワイルドでエキサイティングな生活を送っていました。

編集者から、同じ「子ども」の立場ということでメッセージをもらえないかと声をかけられ、渡された原稿を開いてみてビックリ仰天！

なんと、最初に目にしたページのタイトルが、「母に『殺されるかも』の恐怖」だったからです。そこには、寝ている間に母親に包丁で刺されて殺されるかもしれない恐怖について書かれていました。

「まんま一緒やん！　そうそう、うちも自室に鍵つけて、つっかえ棒してたわ〜！！」

一気に著者に親しみが湧き、戦友に出会ったような気持ちになったのでした。

うちも
あの戦場に
居たんよ
すばやく★退避
安全+第一

援助してくれる優しい身内はいるものの、
父親のことをほとんど知らされずに育ち、
母親は妄想型の統合失調症。

本書には瀬良垣さんの
人生を通しての苦悩と
特殊な日常の様子が
フルコースで出てきます。
「家族のことを話せない」
「母親の言動に対する戸惑いや
恐怖感」「お金の心配をして
中卒で働く覚悟」「母親の自殺未遂」に
「悪化時の奮闘」「理性的に対応でき
なかった後の罪悪感」「隠す生活」
「恋人を作ることへの躊躇」と「結婚への諦め」などなど…。

精神疾患の親をもつ「子ども」のみならず、もしかしたら誰もが、
どこかしら重なる部分があるのではないでしょうか。
私にも共感する場面が沢山ありました。

自分の状況と大きく違ったのは、第４章からの恋愛事情です。

結婚を考える時の葛藤はよく似ていたのに、その後の展開は天国と地獄のような違い。


私は結婚を考えた時に、主人には母の病名を言えなくて、「精神疾患があって母を独りにはできない」とだけ伝えたのです。

「それなら一緒に暮らせばいいじゃない。」

即答した主人は「結婚するけど、ユキのお母さんに精神疾患があるから、一緒に暮らす。」とだけ義母に伝え、しかも「病気のことでとやかく言ったら、絶対に許さないからな！」と釘をさしたそうな（汗）

それを聞いた時は心臓が飛び出るほど驚き、

「お義母さんに何て思われるだろう」と不安になりましたが、まったく私の家庭環境について問いただされることもなく、私の成育歴のカミングアウト後は「大変だったね」とねぎらってもらえたくらいだったのです。

それなので、瀬良垣さんが付き合っている彼女と結婚するまでのくだりは（ネタばれしたくないのであえて書きませんが）ハラハラドキドキが止まらない展開で、呼吸するのを忘れながら読み、最後は
「奥さん、やるぅ。カッコいい！」と思わずガッツポーズ♪

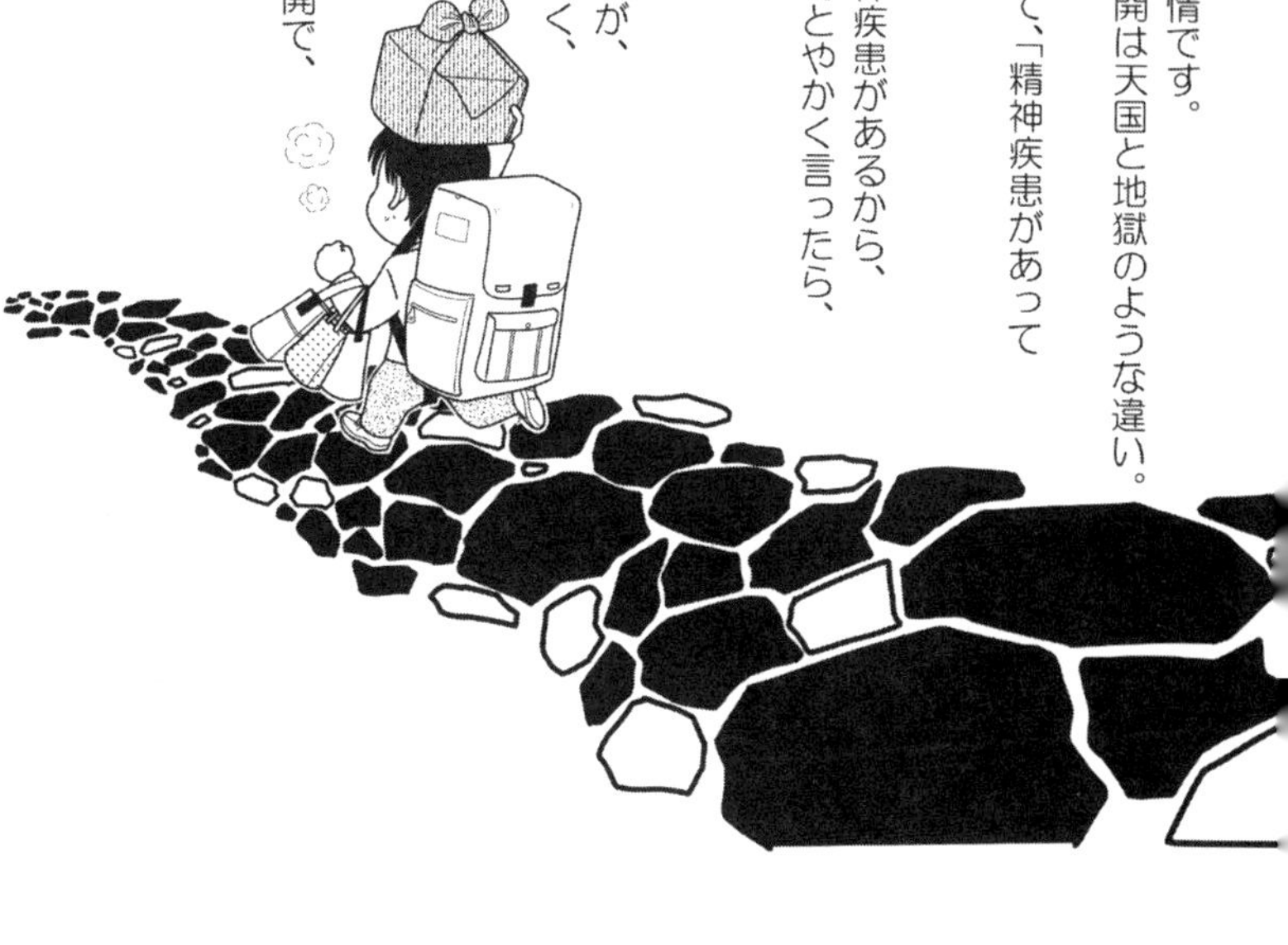

最後の「全てから解放された」の、墓前での挨拶のエピソードは「苦労が報われてよかったね」と自分のことのように嬉しかったです。
瀬良垣さんの物語は、明るい文面やユーモアあふれる状況表現のせいか重くならずに読み終えることができました。

いよいよ私の母の病気が悪化して、介護と経済的なものすべてが肩に乗ってきた２１歳の頃。離婚していた父親がそんな状況の私に度々金の無心をしてきました。家族が私の人生の一番のお荷物だと感じていました。お先真っ暗。

支えにした言葉は仏陀の説いた「四苦八苦」。四苦とは生・老・病・死で、八苦はこの四苦に愛別離苦《あいべつりく》【愛する者と別れる苦しみ】怨憎会苦《おんぞうえく》【憎しみを感じるものと出会う苦しみ】求不特苦《ぐふとっく》【求めるものが得られない苦しみ】五陰盛苦《ごおんじょうく》【色（肉体・物質的）、受（感覚・印象）想（知覚・想像）、行（意思・記憶）、識（認識・意識）の苦しみ】を加えたもので、簡単に言うと「生とは辛く苦しい世界なのだ」ということ。不条理な人生を「苦しいのは生きている証なのだ」と割り切って暮らすのに役立つ教えだったのです。

一方で、「真面目に頑張っていれば、いつか幸せがくるよ」という言葉が大嫌いでした。だって、それまでも真面目に頑張ってきたから。一体いつまで真面目に頑張れというのか？　キレイゴトの慰めにしか思えませんでした。

でも、今はこの言葉を素直に受け入られる自分がいます。

冒頭で瀬良垣さんは「幼少期から三十代までの生活環境では、今の平凡な状況を想像すらできない生活を送っていました」と書かれていますが、私もまったく同じ気持ち。

振り返ってみると、母とのトーシツライフが戦場、修羅場になってしまったのは、正しい情報を得ておらず適切な医療から遠のき、上手な立ち回りができていなかったために生活改善につながるような福祉サービスを受けられなかったことが要因です。

そして、子どもの頃、同じ立場の子どもたちに巡り合うことができていたら、悩みや問題を共有しながら前に進むためのアイデアを一緒に練れただろうと思うのです。

持て余した負の感情も、「他のみんなも同じ」だと知ると、「な～んだ、そうだったのか」と心も軽くなったでしょうね。

心に残った瀬良垣さんの言葉。

「母（お茶目怪獣）と過ごした日々でオイラの現在は作られ、存在もしている。
ツラいこともいっぱいあったが、それらを乗り越え落ち着いてきた今、
これからの人生を意地でも楽しく過ごしたいと考えている。
最終的な結果が出た時点で、これまで起きた苦しい、ツラい経験は、全てが過去の
出来事になった。そして、笑い話になった。」

穏やかに暮らす現在も、私の人生観は相変わらず「四苦八苦」なのですが、
四苦八苦の中にいても「嬉・喜・楽・愛」などを上手に感じられるようになりました。
私もこれからの人生を意地でも楽しく過ごしたいです。
現在葛藤中のみなさんに、エールを送りながら筆をおきます。

２０２０年　５月

はじめに～お茶目怪獣と宇宙人と天使について

私は沖縄の普通の、ありふれた中年のおじさんです。

しかし、幼年期から三十代までの生活環境では、今の平凡な状況を想像すらできない生活を送っていました。

私の母は病気です。病名は統合失調症で、昔は精神分裂病と呼ばれ、私が物心付いたころから病院へ入院している状態でした。

ある日、母が病院を退院し一緒に暮らす事になり、私の生活は一変しました。これまで過ごした平和な日常はダイナマイトで粉砕され非日常が日常となり、望んでもいないが冒険的でエキサイティングな日々が始まりました。そんな中でいつしか自分の母親がとってもお茶目な「怪獣」に見えてきたのでした。

それと、私は父親を知りません。一緒に暮らしたこともなければ、お小遣いをもらった記憶もありません。小学生の頃、おばさんから「離れて暮らす、あなたのお父さん胃がんで死んだそうよ」と聞かされました。その時、よく知らない父の死に対して悲しく思う気持ちは湧きませんでした。

母が「怪獣」なら、父は見たことも無く、人間であったのかも疑わしい。差し詰め「宇宙人」かも、と考えると「お茶目怪獣」と「宇宙人」で素敵なカップルであっただろうと想像ができます。

その二人？　から誕生したのが私でした。

そして感謝すべきおばあちゃん、おじさん、おばさんは私の育ての親であり、天使たちであります。

「お茶目怪獣」「宇宙人」「天使」に囲まれた、とても楽しいオイラの人生のスタートです。

目次

第二章　非日常的なオイラの日常

第三章　まだまだ悩みは深く続く

第四章　オイラの最悪な恋愛事情

終章　新たなる始まり

本文イラスト／瀬良垣りんじろう

本書を読む前に

統合失調症は、世界共通で各国の人口に対して、約1％（約百人に一人）の発生率といわれています。特に珍しい病気ではありません。今では、脳の病気であることが一般的にも知られつつありますが、病気のはっきりした発症原因は分かっていません。

病気の症状としては、様々な状態がありますが、特に知られているのが幻覚（知覚の障害）や妄想（思考の障害）です。

発症原因がはっきりせず、病状も不自然な言動や行動として現れるため、病気である本人や、家族に対しての社会的偏見等はいまだに残っていると感じます。

「統合失調症」に対しての治療方法は格段に進歩しています。薬物療法から非薬物療法（リハビリ・生活技能訓練等）まで。病状を軽減し、障害を改善し社会の中で生活を送っている方も多くいます。

本書の内容は、現実にあった出来事、非日常的状況を題材とし、その現実から発生するストレスや悩み等を最小限の範囲で回避した方法、自然に体得したストレス等との付き合い方を紹介しています。

各個人や年齢により、ストレス等の内容や受け方には違いがあるため、全ての人に当てはまる解決策にはなっておりません。あくまでも参考程度にご覧ください。

本書で表現している、母がお世話になった病院の様子や、母の病気「統合失調症」の症状も昔話であり、現在の社会環境や取り巻く状況で比較をすれば、当時とは大きく様変わりをしています。現在では、病院も患者さんの事を第一に考え、施設のあり方や院内の作りにも工夫が行われ、精神科病棟のイメージも変わり、統合失調症の治療や改善についても医療技術や薬、サポート体制が格段に進化しています。

又、本書での母に対する表現は、昔々に幼い子供が感じた事であり、現在の進化、進歩した医療技術等の現状では当てはまらない表現であります。

ご理解いただきますようお願い申し上げます。

本書は二〇一七年一二月に、ボーダーインク社より刊行されました。

序章　オイラの「幸せ」な幼年時代

楽しいドライブの先では熱烈歓迎が待っていた

思えばあれはオイラがまだ幼稚園児のころ、定期的におじさん（オイラにとっては「天使」）の車に乗ってある場所へ通っていた。

その場所で毎度オイラは大勢から熱烈大歓迎を受けた。あまりの人気にオイラは海外からジャパーンにコンサートのために来日した大物スターかと思うぐらいだった。

その場所とは実は母が入院している精神科の病院だった。ただし当時はその人が母とは知らず、母の存在や意味もわかっていなかった。ただオイラはおじさんと楽しいドライブに行けることがうれしかった。

病院に到着すると母の病室へ向かうのだが、その病室までの道のりにはいくつかの関門があった。

まずいくつものドアを開け閉めして通り抜け、やっと長い廊下にたどり着く。そこが第一関門だ。

その長い廊下にはいつも大勢の男女が行き来していた。特徴的なのはその人たちが皆同じような姿勢で歩いていたことだ。一様に猫背、そしてうつむき加減で、手のふりは小さく、小さな歩幅でゆっくり歩いている。

オイラはそんな人の波にかまわず廊下の先を目指して歩き始める。前を見ないで歩いてくる人にぶつからないように、器用にジグザグに歩く。それもなかなか大変で、微かに息切れしながら突破する。振り返るとすれ違った人たちは廊下の終わりでUターンして、またこちらに向かって歩いている。なかなか混雑している廊下である。

ジグザグゾーンをすり抜けると、第二関門だ。そこでは強烈すぎる男性集団に歓迎される。エネルギーに満ちあふれたその集団は鉄格子の向こう側にいた。鉄格子の間からは何本もの腕がこちらに向かって勢いよく差し出され、大きな声で何か叫んでいる。何を叫んでいるのか熱烈すぎて、オイラには全く分からなかった。ただ、あの鉄格子が壊れて熱烈なオイラのファンがこちらに向かってこないか気が気でなかった。ドキドキしながら熱烈ゾーンを横切ると、ゴール地点である奥の大部屋のドアにたどり着く。

そこで一息ついて、おじさんがチャイムを鳴らすと看護師さんが「ガチャガチャ」と音をたてて鍵を開けてくれる。ドアを開けると看護師さんの後ろにはオイラを出迎える多くの女性たちがこっちをのぞきこんでいる。オイラはおじさんの後から、部屋の中に足を踏み入れると、たちまちそのお姉さまやおばさま方に囲まれ、ジロジロと見られる。とまどいながら中に入ると、ゾロゾロと女性集団も付いてきて、面会室までいっしょに団体様で移動するのだった。移動中の室内は大声が響き渡り、奇妙な音が飛び交ったりと何ともいいがたい雰囲気だった。

面会室と言ってもオープンな部屋で、お姉さま方に囲まれてオイラがポツンと立っていると、しばらくして奥の部屋から看護師に呼ばれて母が登場する。それまで静かに見守っていたまわりのお姉さま方が「あなたの子どもなの。かわいいね」「いくつなの」と一斉に話しはじめ、オイラの頭を容赦なく遠慮もなく、撫でまくる。撫でまくる。撫でまくる。

その間おじさんと母は会話をかわしていたが、オイラはたくさんの手で頭を撫でつづけられながら、直立

不動で立っているしかなかった。おじさんが立ち上がり「帰るぞ」と声をかけられると、やっと解放される。

オイラは帰り際に母から「また来てね」と声をかけられ、その言葉にうなずき返すと、オイラのファンに手を降って大部屋を後にする。撫でられまくって乱れた髪のままでさっき来た道を戻る。帰りも同じ様に熱烈ゾーンを通り、ジグザグゾーンをすり抜けて、いくつものドアを通って出口にたどり着く。

病院の外では緑深い木々の間から小鳥がさえずり、風がここちよく流れ、草木が静かにゆれていた。外は別世界であった。いや、中が別世界だった。

エンジンがかかり、病院を後に車が走り出す。オイラは車の窓を開け風にあたりながら振り返る。少しずつ病院が小さくなっていく景色を眺めながら心無しか寂しさを感じていた。

楽しいドライブも終わりはある。

天使たちに囲まれた「幸せ」

そんなふうに母と離れて暮らしていたオイラが、一体どんな幼年時代を送っていたかというと、実は物心ついた頃からたくさんの愛情や援助を受け、手をかけて育ててもらっていたのだ。特におばあちゃん、おじさんおばさんたちからは、本当に多くの贅沢すぎるぐらいの愛情を受けたと思う。それについては感謝してもしきれないぐらいだ。オイラにとってそんなおばあちゃん、おじさん、おばさんは、育ての親であり天使たちだった。

そんな天使たちに囲まれ育ったせいか、同級生からはちょっと変わった子と思われていたかもしれない。

オイラが小学四年生の父母参観日のことだった、教室内は緊張感であふれ、クラスの皆は一様にソワソワしていた。皆の父母が教室に入ってくると、

「あっ　お母さんだ」と嬉しそうにする友達。

「あの人は○○のお母さん？」と盛り上がるクラスメイト。

そんな中、オイラのおばあちゃんが教室へ入ってきた。

「あーっ、おばーが来ている、誰のおばーか」

ちょっと小バカにした感じで誰かが言う。オイラの「おばあちゃん」は、周りのお母さん達よりは当たり前だが老けてはいる。

でもそんなことオイラにとっては全く関係がなかった。「おばあちゃん」が来てくれたことがうれしくて、多分誰よりもはしゃいでいた。

「おれの、おばーだよ、おれの」と自慢げに言いながら、

「おばー、こっちだよ」と手をふっていた。

大好きなおばあちゃんが来たのだから、うれしいのは当たり前である。そんなオイラに隣席の女の子が「おばあちゃん来てよかったね」とやさしく声をかけてくれた。

オイラはうれしくて「うん、うん、うん」と、力強くうなずいた。

姿かたちに関係なく、自分が大好きな人に見てもらえることが、とてもうれしかった。またそれだけ、おばあちゃんに可愛がられ愛情を受けていたのだろうと思う。

おばあちゃん、ありがとう。

父親がいなくても幸せ

今思うと、オイラの小学校高学年頃は、ちょ～絶好調なおしゃべり好きな、能天気野郎だった。冗談を言ってはクラスの皆を笑わせる人気者でもあった……と思う。多分。おそらく。もしかして。

そんな能天気野郎のオイラはある日、突然クラスの一人の男子から呼び出された。場所はトイレに向かう通路の行き止まりの薄暗い場所だった。

そいつはオイラに言った。

「お前、父親はいないよな。いないよな」

オイラはしばらく考えて答えた。

「ああ、いない、いないよ。確かにいないはず」

同級生はオイラの真正面へ立ち（ちょっと近すぎる距離）

「本当に本当にいないよな。なのに、なんで父親もいないお前がそんなに明るいのか？　信じられん。ウソだろ」

と捨て台詞を吐いて、背を向けクラスへと戻って行った。

後に残されたオイラには彼が言っていることが全く分からなかった。

まずオイラは父親がいないことにはなんの不自由も感じていなかった。父親とは一緒に暮らしたこともなければ、顔も知らなかったし、そのことで悩んだこともなかった。

自分の境遇を他人と比較したこともなかったので、自分の置かれている環境が変だと思っていなかった。多分、オイラの「能天気おバカ性格」も幸いしていたと思う。

もしも「しっかりとした頭の良い、考える性格」の子供であったなら、なぜ俺には父

親がいないのか、考え悩みすぎたあげく、今頃は人生の道を四十二度ぐらい横道にそれ、外国で危険な薬を扱う商人となり、三回ぐらいムショ暮らしを経験する、そんな人生を送っていたかもしれない。

「自分の境遇に気付かない能天気おバカ性格」と周りのおばあちゃん・おじさん・おばさんなど天使たちに囲まれながら生活していたことで精神的に不自由を感じていなかったのだ。

おばあちゃんに連れられて行った先は

確かに父親は誰かも分らなかったオイラだったが、おばあちゃんに連れられ二回程訪れた場所があった。

おばあちゃんは、その家の前に着くと「ここで待っているから、あの家へ行きなさい」と言った。オイラは言われたまま、一人でその家の玄関のチャイムをならす。すると中から大人の女性が出てきて、「いらっしゃい」とすんなりとオイラを中へ招き入れた。中へ入ると、そこにいた数名の大人の男女に話しかけられた。オイラはすでに線香があげられた仏壇に手を合わせると、五分も経たずに、その場を立ち去った。

特に大人たちに見送られることもなく、玄関から外へ出ると、遠くに立っているおばあちゃんを見つけ走り出していた。

だいぶ時がたってから気付いたのだが、訪れた家は「おやじ」の家で、仏壇にはおそらく「おやじ」が祀《まつ》られていたのだろう。そして大人たちに見えた男女は、オイラの異母兄弟だったのかもしれない。

手を合わせた帰り道、おばあちゃんに「ここへきたことは誰にも言わないでね」と言われた。どういういきさつだったのかオイラにはわからないけれど、おやじの親族側（異母兄弟?）もオイラを拒否することなく受け入れてくれた。きっと事前におばあちゃんとの話し合いがいっぱいあってのことだったと思う。

素直にお礼は言えないが　とりあえず少々感謝する

父にはあまり興味は無い。

第一、無責任だし、子供を育てることも無く、小遣いすらもらった記憶も無いし、とっととあの世へいってしまった。そんな接することもなかった人に対して、愛情なんて湧いてこない。

ただ、ひとつ言えることは、人生ツライことも有りすぎて、大変に困ることもあるが、幸いにして楽しいことも、嬉しいことも、笑えることも、いっぱいある。出来ればこの調子で人生を長生きしたいと思うのである。多分スケベな「おやじ」のおかげで、この人生があると思えば、唯一、このことだけは少々感謝するところだ。

二人から生まれるチャンスを逃していたならば、もしかしてミミズとしてこの世に生を受けていたかもしれない。ミミズと人間、どちらが幸せなのかは知らないけれど、ひとまず言っておきます。

「なんで生んだか知らないけれど、腹も立つし、あなたが誰かも知らないけれど、まぁまぁセンキューベルマッチ」

オイラが歳をとり老衰でお陀仏したら、もしもオヤジとあの世で会ったなら、人差し指だけでは足りないので、手の指と足の指、全部をたして合計二十本を使い「おやじ」に鋭く垂直に向け、大声で叫びたい。

「おまえかー」と。

第一章　「お茶目怪獣」の登場

突然出来上がった「母親」

オイラが小学五年生の時、それはやって来た。

ちょくちょくドライブ先の病院で会い、会話を交わしていた「あの人」が退院してきたのだ。

そしてオイラはそれまでの天使たち（おばあちゃんやおじさん、おばさん）との同居を終え、新たに隣の小さな住宅へと移った。そこで、天使に見守られながら「その人」との新しい同居生活がスタートした。

初対面ではないとはいえ、「その人」はあまり知らない人である。それが突然おじ

さん（天使）から「今日から一緒に暮らすことになる、母親だ」と伝えられた。

これまでなんとなく自分の母親だろうなと感じてはいたが、あらためて言われ「やっぱりそうだったか」と思った。

「これが世に言うお母さんか」とつぶやき、母親の登場に、戸惑いながらも何か知らないワクワク感でうれしくもあった。ワクワクしながら、慣れない母親に、よそよそしく話しかけ、何と呼べばいいか悩んだ。即席らーめんが、三分で出来上がるように、母親が突然出来上がってしまったのだ。

なかなか「お母さん」とは照れくさくて呼べない。母親の呼び名は、一緒に過ごす時間が長くなるにつれ変化していった。最初は、小声で「お母さん」から「かあさん」へ。そして落ち着いた先は「おっかー」であった。

暮らし始めの「お母さん」は精神状態もよく、母親らしい感じで、思えばひと時の楽しい時間もあった。しかし、間もなく少しずつ、「お母さん」の病状が悪化していった。

病院では薬、食事など生活のすべてが管理されていたが、家では自己管理することになる。社会の中で，母はストレスが増していたのだろう、生活はリズムが崩れ、食事は自分の好きな物ばかり。人間関係は複雑。そんな状況で病状が悪化していったのは当然だったのかもしれない。

思えば楽しい時間はほんのチョビットだった。

もしかして
オイラの家って変？

小学校を卒業すると必要だけど扱いにくい思春期へと突入。希望に胸を膨らませ中学生となり新しい環境へと踏み出していった。

当時、オイラが進学した中学校はマンモス中学校で、あちらこちらから集まった生徒のうち三分の二は知らない人たちであった。入学日に自分のクラスを確認し、教室へ入ると指定されている自分の席を見つけ、そこへ座った。

席から周りを眺めると、オイラより年上に見える人や、眉の薄い女子を見つけては物珍しそうに見ていた。そこへ先生が来て挨拶を行うと、次にこう言った。

「では、続いて皆さんの自己紹介をお願いします。」

一番目のやたら元気な男子が立ち上がり、自己紹介に入った。

「僕の名前は〇〇〇〇です。〇〇小学校から来ました。家族は六名でお父さん、お母さん、おじいちゃん、おばあちゃん、僕と妹です。趣味は将棋です。皆さんよろしくおねがいします。」

何と立派な挨拶だと感心した。二人目が挨拶に入る。

「僕の名前は△△△△です。△△小学校から来ました。家族は五名で、お父さん、お母さん、そして、僕とお兄さんと妹です。サッカー部に入りたいです。」

一番先に挨拶した男子生徒の自己紹介が見本となり、その後の生徒も家族構成を申告するのであった。オイラは、みんなの挨拶、家族構成を聞きながら気がついた。

（あれ〜、俺って家族が少なすぎだし、父親がいない。んっ、父親いないじゃん）

それに気がついたとたん焦りとパニックが襲ってきた。

（もしかして俺って変なのか。みんなと違うぞ。このままではまずい。家族構成がヤバイ）オイラは焦りながらもとっさにひらめいた。

（そうだ、おじさん〈天使〉が飼っている犬、あいつを父親としよう。父親の仕事を聞かれたら「警備員です」と答えられる。でもまだ少ない。九官鳥も飼っていたのでそいつもおしゃべりな兄弟の一員とし、通学途中でよく目が合うあの猫も……とりあえず適当にごまかそう）

オイラの番が来た。

「僕の名前はせらがきりんじろうです。○○小学校から来ました。家族は六名で父と母、そして兄と妹みんな元気でやっています。野球が好きなので野球部に入りたいと思います。よろしくお願いします。」

（やったぜ！　どうにか難関・ピンチを適当にくぐりぬけたぜ。俺は嘘などついていない。人類皆兄弟と言うし、犬や猫、鳥、すべて家族だ。）

そう心の中でつぶやき、ガッツポーズをとった。

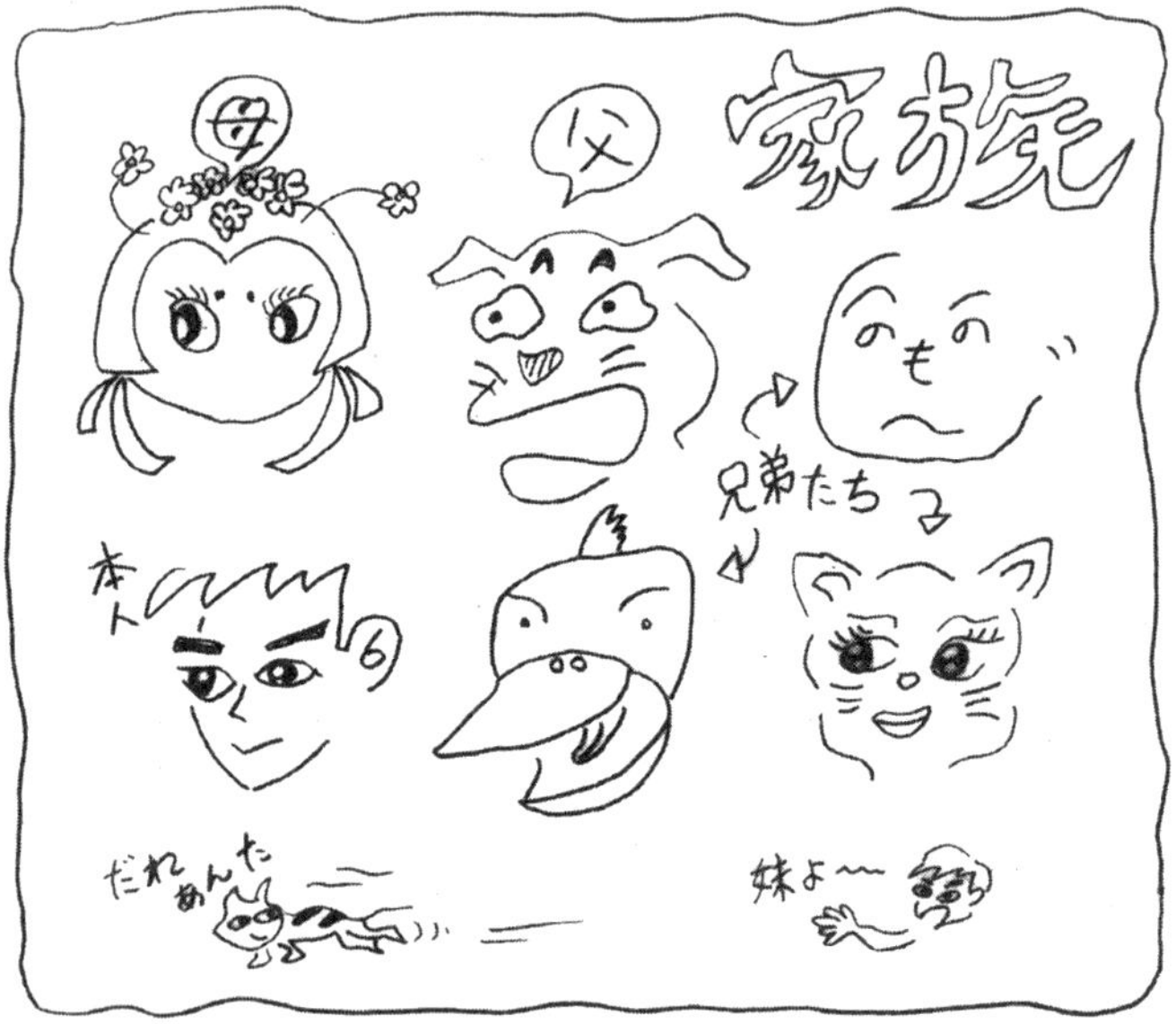

その後、やり遂げた感と放心状態でみんなの家族構成を聞きながら思った。

（父親って普通はいるんだ。考えたら俺の父親見たことねぇぞ〜。だれだ〜）

「おっかー」が「お茶目怪獣」に

「おっかー」の独り言が特に多くなりだしたのは、オイラが思春期まっしぐらの中学一年生の頃だった。退院からは約二年が経過していた。

おっかーは、調子の良いときは台所で鼻歌まじりに料理を作り、あと片付けもちゃんとやっていた。それなのに調子の悪いときは一変、オイラには見えない相手と台所で言い争いをしていた。

母が病気であることは、それとなく知っていたので、最初はあまり気にも留めていなかった。それでもその独り言は段々と激しさを増し、独り言を超え、そのうちそこ

ら辺に聞こえるぐらいの、恥ずかしいくらいの大きな叫び声となっていた。

その時、心の底から思った。（近所が遠くてよかったなあ）

オイラは心配になり、おっかーへ問いかける。

「何か、あったの」

「あの人が、私の悪口を言っている」

「あの人？」

「あんたも知っている○○よ」

「○○さんは、知っているけど人の悪口は言わないよ」

「あんたは、だまされている。何も分からん。私を馬鹿にして許せん」と、言いながら、台所の包丁をまな板へ何度も何度もバンバンバンと強く叩きつける。次第に叫び声はエスカレートしていく。

「殺すならやれー」

オイラは怖くなり、静かにすり足で後ずさりをしながら、その場を離れた。オイラは黙って寝るしかなかった。布団を頭までかぶり、とにかく寝る。「明日になれば、きっと治まっているはずだ」と無理やり自分に言い聞かせながら。

妄想型の母は病状が悪化すると吠えまくることが多くなった。妄想型に理屈や説得など通用しない。否定をすれば火に油だ。安定するのを待って話をした。

この時期、おそらく薬をちゃんと飲んでいなかったのだろう。本人は自分が病気だと思っていないため薬を飲まない場合があった。薬の管理をしておくべきだった。

毎日の説教で洗脳されそうなオイラ

オイラは母（お茶目怪獣）と夕食をとりながら、妄想相手と敵の話をよく聞かされていた。

お茶目怪獣の話によると

「後をつけられている」

「悪口を言われている」

「道を歩くと、馬鹿にされ笑われている」

「見張られている」というものだった。

そんな話にオイラは「まさか、ありえないでしょう」

「そんな暇な人いないでしょう」

「まだ、おっかー見ているより、テレビのワイドショー見ていたほうがいいでしょ」と反論し、答えていた。しかしお茶目怪獣は、真剣な顔で毎日のように、オイラに真正面から語りかけるのであった。

「あんたが知らないだけで、皆に噂されているんだよ。見張られているんだよ」

オイラはまるで、怪しい宗教団体の教祖にくり返し誤った説教をされて、徐々に洗脳されている信徒のようだった。

事実、オイラは、もしかして「本当かも」と思うこともあった。人が集まって話をしていると「オイラたちの、話をしているのか」「あの人たちは、本当は嫌な人かも」とダンボの耳状態で、会話を盗み聞きしたりしていた。

そんな影響もあり、その頃のオイラは大人が集まって談笑しているのが大の苦手で、特に親類が集まる場では萎縮していた。あの母親の子供であることで、周りから変な

目で見られているのではないかと思い、無口で暗い子供であった。自ら進んで暗い性格を望んだわけではないが、その当時ははじける性格にはなれなかった。小学校まではあんなに能天気、おバカ野郎だったのに。

　そんな洗脳されそうな日々や、人を疑う目で見てしまうオイラではあったが、頭の中にある数少ない常識と、ノミの心臓ぐらいの平常心で教祖様の説教を跳ね除け、無事、洗脳されることはなかった。

グレるにも余裕が必要だ

オイラの育った環境なら、こんな感じの不良になってもおかしくないはずだ。目の下には、現実逃避と気を紛らわすための夜遊びと寝不足が原因で発生する「くま」。そして、そりすぎて恥ずかしい「眉」。見た目も不健康な「顔色」。そんな気合十分な一流の不良になれる要素はいっぱいあったと思う。

なんせ、父はいないし、誰かも分からない宇宙人だし。母は病気で、お茶目怪獣で、暮らし始めはある日突然。オイラは色々な人に育てられ……。

と超マイナス思考で表現すれば、結構な条件である。一昔前の学園ドラマなら、オイラの状況では学校にも行かず➡シンナー吸って➡夜のゲームセンターで他校大勢の不良に絡まれ➡ボコボコにされた後➡クラスの優等生ユカリに目撃され➡担任へ通報がいく。担任の熱血先生が駆けつけ、オイラの肩をしっかり掴み「いったいどうしたんだ、お前はー」と叫び涙を流していただろう。

しかし現実では、そうもいかない。なぜなら不良になるには、見た目的にも不良らしい制服を買い求め、眉を剃る必要もある。オイラには眉をなくす勇気もなく、パーマをあてるお金もない。お茶目怪獣との日々の生活にパワーを使い、その上なぜか部活動もやっていて忙しく、不良になるだけの力は残っていなかった。第一、お世話になっている天使たちへ大変申し訳なくて、不良をしている場合ではなかった。

不良と呼ばれるクラスの人達を見ると、「何かが嫌で苦しいはずだけど、自由でいいな、自分の感情を表現し不良にもなれて……」とある種うらやましくも思っていた。

自分を表現するパフォーマンスとして不良を選択するより、例えば身長が高く腕が長い全身バネのようなクラスの不良○○○君。おそらくバレー部かボクシング部へ入っていればレギュラーをとり、トップアスリートになれたのに、もったいないとオイラは感じていた。

二枚目不良の△△△君。とってもかっこいい顔の作りであった。普段笑うこともなく何かツラそうな表情で休み時間もひとり席にいることが多く友人は不良たちばかり。△△△君がニコッと素敵な笑顔で白い歯を輝かせれば、女子は絶対にイチコロだと思っていた。バレンタインのチョコを確実に二十五個はもらえるのに残念だ。出来ればオイラにその顔ちょ～だいと言いたかった。

当時の正しい不良
不良は2時間
早くおきて頭をセット
(じーちゃんより早起き)
ソリあとを少し残こす
(完璧にそるとハゲと勘違いされる)
まゆも少し残して剃る!
目の下はクマ
制服のエリは高め
(首にかかって痛いがガマン)
めったに笑わない
※全体的イメージとしてはムシ歯が痛くて
機嫌が悪い感じだ。

超プラス思考で発想すれば、オイラの環境も悪くはない

環境や状況は、すぐには変えられない。しかし考え方しだいでは環境や状況は変わって見えてくる。超プラス思考で発想すれば（無理やりだが）オイラの環境はすばらしいの一言である。

「父親がいないこと」に関して超プラス思考で考えるとこうなる。

もしもオヤジが変人で非常識すぎる人だったなら困る。そんなおやじに育てられ教育され洗脳されると、正しくない道へ導かれ苦労する。またDVを受けて傷ついていたかもしれない。生活は荒れ放題だ。父親がいない寂しさはあるかもしれないが、同様な立場にいる人達の状況を理解もでき、相手の気持ちを感じることも出来る。

「母親が病気であること」に関しては、健康であることへの感謝を持つことができ、

「統合失調症」に対しての理解や病人を抱える家族の苦労、気持ちもよく分かる。

「色々な人に育てられた」に関しては、家族の枠を超えた、社会のさまざまな人に面倒を見てもらったことにより、人間の本来持っている優しい気持ち、助け合い、協力、無償の愛情に接することが出来たと思う。又、それを受けた人間は、その気持ちや心を引き継ぎ、次世代へと返していくことを自然に意識する。

多くの苦労をした経験のおかげで、さまざまな場面に当たっても、気持ちにある程度の余裕と幅が出てきて対応ができる。多少のツラさは鼻で笑える力も付く。


要は自分の置かれた環境や状況は受け入れるしかないということだ。それが現実の世界で、今、生きている場所である。その場所の居心地は、捉え方、見る角度を変えれば天国にも地獄にもなる。天国と思うか、地獄と感じるか、知らないうちに自分で決めてしまっている。

どちらにも自由に行けるのなら、天国を選択し住んでしまった方が良い。

友達よ、家に来られると困るのだ。

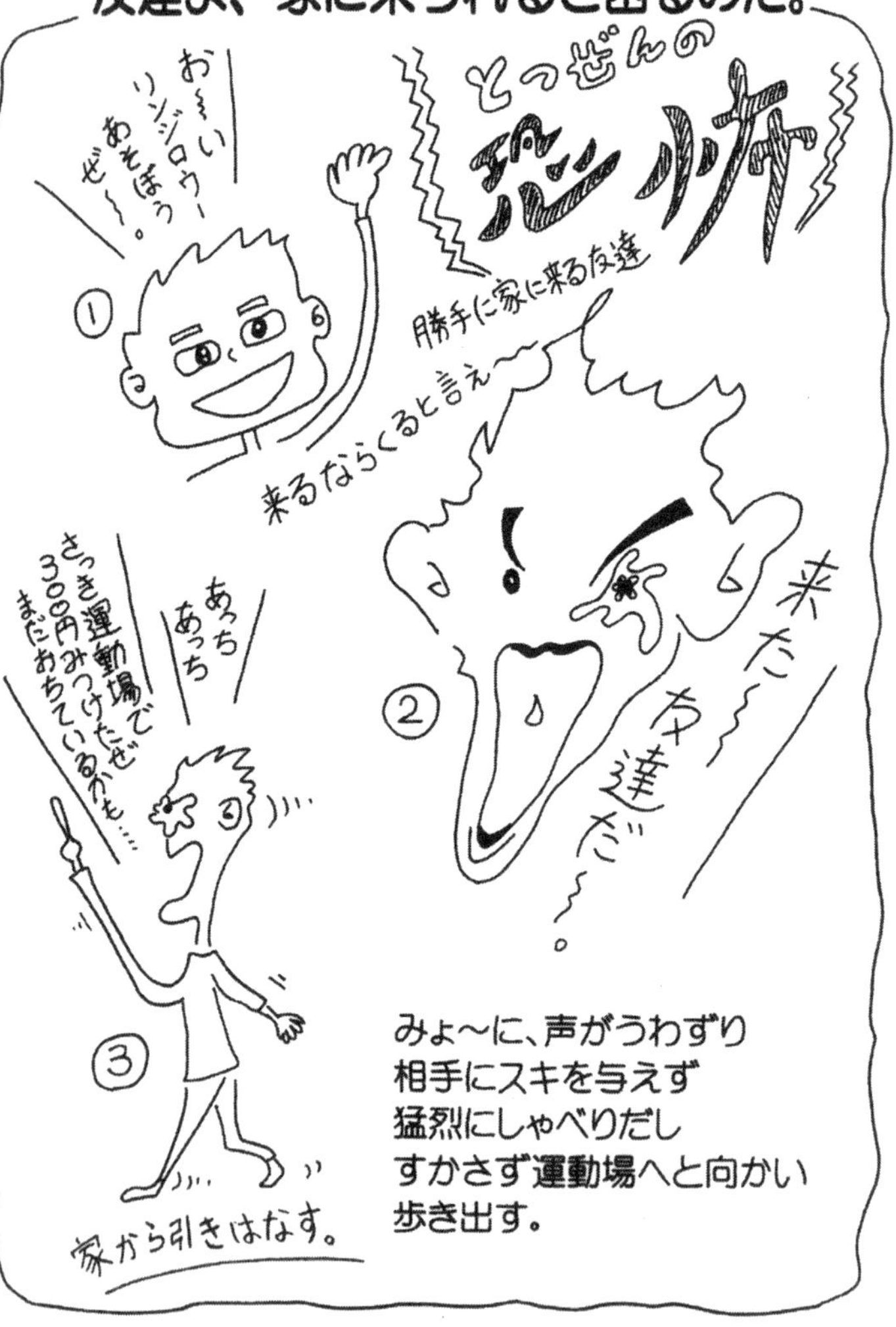
とつぜんの
恐怖
勝手に家に来る友達
①
お〜い
リンジロウ〜
あそぼう
ぜ〜。
来るならくると言え〜
②
来た〜
友達だ〜。
③
さっき運動場で
300円みつけたぜ
まだおちているかも……
あっち
あっち
家から引きはなす。
みょ〜に、声がうわずり
相手にスキを与えず
猛烈にしゃべりだし
すかさず運動場へと向かい
歩き出す。

第二章　非日常的なオイラの日常

ある朝　お茶目怪獣が行方不明

一日目

オイラが中学生の時のある朝、目が覚め、お茶目怪獣の母の姿が無いことに気がついた。どこを探してもいない。こんなことは初めてだった。（最近、調子もそんなに悪くは無かったけど）と思いつつ、不安がよぎったので、すぐに天使を訪ね事情を話した。その日は、様子を見ることとなったが、夜になっても母は戻ってこなかった。

二日目

翌日の朝は大騒動となっていた。警察へ母の捜索願を出し、朝早くから親戚や天使の職場同僚も集まって、お茶目怪獣探しの打ち合わせが行われていた。オイラも学校を休むことになり、親戚の子に「家庭の事情で休みます」と書いた先生への伝言を届けてもらった。

オイラはおじさん（天使）の職場同僚が運転する車に乗り込んだ。「母親の行きそうな場所を案内してほしい」と言われたが、正直、オイラには見当がつかずよく分からない。その日は近所の草むらや山や川、行きそうな場所を集中的に探し回った。しかし発見されることはなく、全員疲労困ぱいの中、捜索は終了となった。

オイラは、お茶目怪獣が変死体で海や川や山で発見されるのではと、気が気ではなかった。

三日目

睡眠不足のまま翌朝はやって来た。

その日は、前日よりも更に緊張感が増していた。

わらをもつかむ気持ちで、おじさん（天使）に連れられて行ったのは、よく当たると云われている占い師だった。

おじさん（天使）は「この子の母親です」と話を切り出し、事情を説明した。しばらくすると、占い師は答えた。

「南の方角、十キロ先の〇〇地域あたりにいます」

それを聞いた天使たちは、南の〇〇地域へと向かい探しまわる。しかし、その日もお茶目怪獣は発見されず、無情にも日は暮れていった。

明日も見つからなければ、やばいのでは、「もしかして変死体?」オイラの気持ちは「オー　マイ　ガッ」状態であった。

その夜は疲れたせいか爆睡した。

四日目

・

爆睡したせいか、翌朝は早々と目が覚めた。今日こそはと戦闘モードに入ろうとしていたオイラの前に、朝日を浴びてトコトコ歩いてくるお茶目怪獣の姿があった。

「おえ〜っ」オイラは声にならない声を出していた。

「おっかー、どこ行っていた」

お茶目怪獣は、いたって普通に、さらりと答えた。

「友達の家」

「おいおい、どこの友達よ、友達はいないだろ」

「この間、退院した人」

「退院？　病院仲間か、その人はどこに居るわけ」

「歩いて三十分ぐらいのところに居るよ」

「み、み、南の、十キロ先には行かなかったのか、山や川や海は、どうした」

「はあ〜？」

「はあ〜、じゃねーよ、皆がどれだけ大変だったか分かっているか」

オイラは、天使へ急いで報告に走る。

後は、大人たちの話し合いであった。お茶目怪獣がその後、どう責められたのかオイラは知らない。多分、こっぴどく言われただろうなぁ。


お茶目怪獣が遊びに行った友だちは病院仲間だった。考えてみれば思いつきそうだったのに全然思い至らなかった。確かに付き合いは長いし、コミュニケーションも取れている間柄だったのだろう。

改めて感じたが、父のことも知らなければ、母のことも知らないオイラだった。

察して欲しいオイラの事情

おっかーが責められている時、オイラは、「はっ」と我に返った。

（この時間なら学校へ行ける。まだ間に合う。）

素早く身支度を行い、学校へと猛ダッシュで走った。息を切らし学校へ到着し「ぎりぎりセーフ」とつぶやきながら教室に入った。すると、いきなりデリカシーの欠けらも無い友達が、オイラの顔を見て一言。

「家庭の事情で休むって何か？　何があった。何で休んだ。誰か死んだのか」

「おまえなー」と思いつつ、馬鹿な友達はほっておいた。

正直、友達のいきなりの一言よりも、がっかりしたのは担任の先生に対してだった。オイラの休んだ理由を、そのままの言葉でクラスの皆に伝えていたのだ。「風邪で休む」にすればよかった。正直に伝えたオイラの方がバカだったと反省はするが、先生には配慮が欲しかった。

先生は家庭訪問で自分の母を見て、何も感じていなかったのか。様子や会話、住んでいる家や場所、状況、何か変だと気づいてはいなかったのか。母は統合失調症ですとオイラから申告も出来るものではないし、察して欲しかった。

家庭で問題があると、相談できる相手はまず家族以外である。同級生は子供だし頼りないし、公共的機関への相談もあまり発想として思いつかない。事情を知らない相手に話をすることも多感な年頃には難しい。

やはり、身近な存在として、数少ない相談相手の一人として先生の存在は大きいと思う。人生の先輩として、子供たちが悩んだときにアドバイスしてもらえれば、一部の生徒でも助かる人がでてくる。声をかけられた生徒は、心が一瞬だけでも満たされ

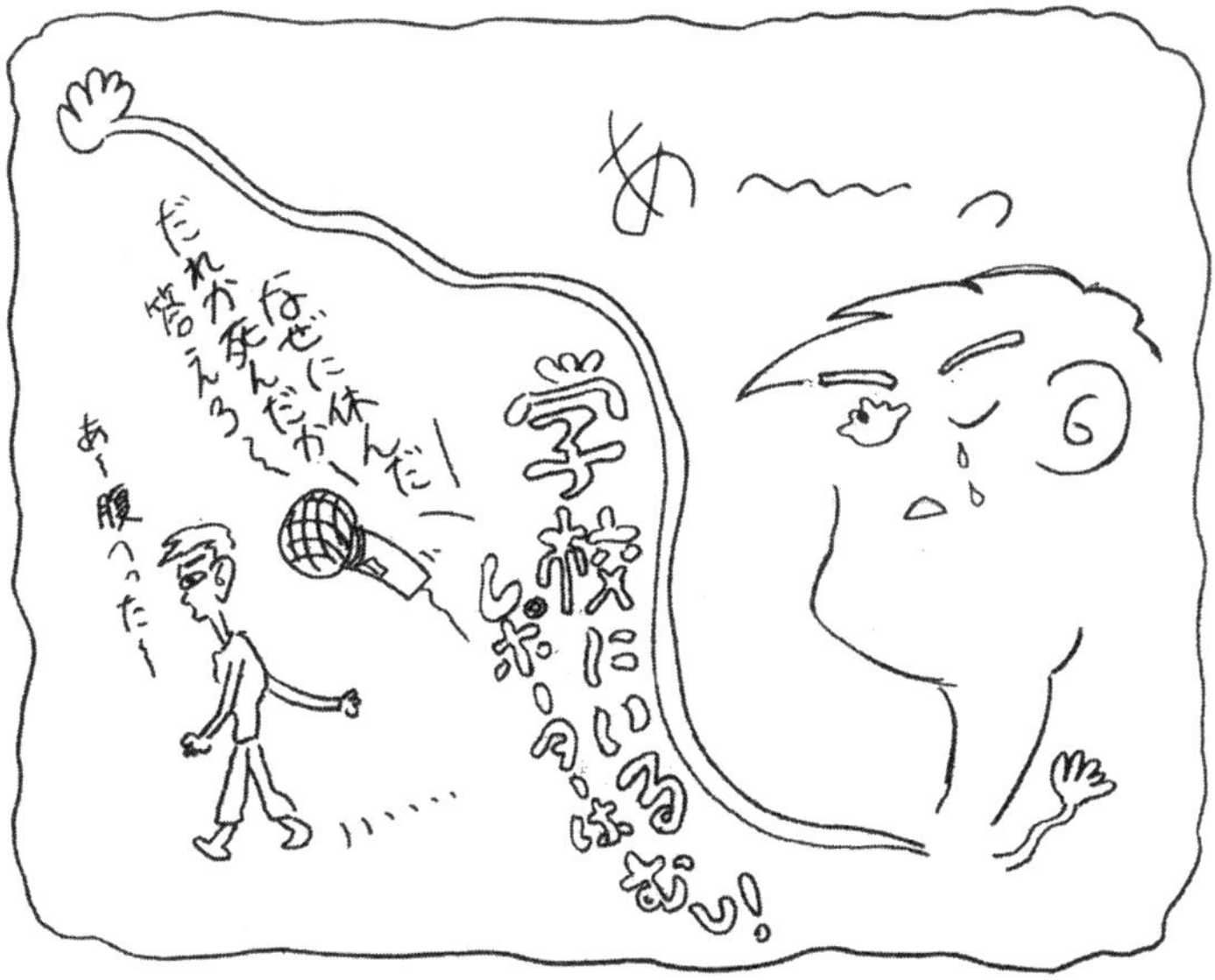

る。それだけでもいいと思う。
一瞬でもいい。その一瞬の時間で、後の人生が変わってしまうこともあると思う。

相談できる相手がいれば助かることも

オイラは本音では誰にも相談できなかったし、相談する気もなかった。

しかし、もしも「相談してみようかな」と思える相手や、場所が、環境があれば、多少は気持ちが楽になれたかもと思う。今は相談できる場所、施設を探せば数多くあるのだから、使わない手はない。

要相談だ。解決策のヒントはもらえるはずだ。

相談機関としては各地方自治体の福祉事務所、病院、ＮＰＯ法人などさまざまある。相談内容に合う専門の知識を持った相談員からアドバイスが受けられるはずだ。

特に電話での相談は話しやすく、複数に相談することもできる。言葉に詰まったら電話を切ってしまえばいい。とにかく何度でもチャレンジしてみよう。

地獄絵巻図的夕食時間

その日も、お茶目怪獣は吠えていた。オイラは「かなり調子悪いな」と思いながら母と一緒に夕食をとっていた。

そこへ、タイミング悪く、おじさん（天使）が様子を見に来てくれたのだ。お茶目怪獣は、天使に対してパワーアップしながら、吠えかかる。その言葉を天使は聞き流しながらも、適度に反論もしていた。

そんな二人の様子を見ながら、オイラは「これ以上はやばいよ」とハラハラしていた。案の定、お茶目怪獣の感情はどんどんエキサイトギアに入っていき、ボルテージ

は最高潮興奮状態に達していた。そして完璧にスイッチオンでフルスロットルで急上昇となった結果、突然暴走列車が走り出した。

お茶目怪獣は急に立ち上がり、台所にある包丁を右手で鷲掴みし、振り向きざまに頭の上へと包丁を振りあげ、天使へ体ごとぶつかりながら、襲いかかっていった。

天使は、振り下ろされた包丁を持つ腕を両手で受け止めた。お茶目怪獣は、髪を振り乱し大声で罵声を発し、叫び声をあげ、全身の力を使い暴れ回る。（ただし見た感じ本気で刺し殺そうとはしていない。それは子供ながらにも見てわかる。）

天使はそれを静止しようと、必死に応戦する。上下左右へと包丁も暴れ動き回る。その瞬間、手から離れた包丁が飛んでいった。大人同士が鬼の形相で取っ組み合い、「ドスン」と壁にぶつかり、「バタン」と床へと転がる。

オイラは、この目前で起こった出来事を前にして、夕食の箸を止めて凝視していた。

やがて、お茶目怪獣の動きが少しずつ弱まり、ぐったりとなっていった。そして、完全に動きが止まると、そのまま床へ倒れこみ横たわった。

天使は肩で息をし、呆然と無言で立ちすくみ、横たわるお茶目怪獣を見おろしていた。

危険な目にあった天使には大変申し訳ないが、「異様な空間と残酷すぎる時間」の中にいて、きついと感じたオイラは、戦いが終焉となったのを確認し、夕食の箸を置くと席を立ち、すり足で横たわるお茶目怪獣の背中側を回り、無言で部屋へ逃げこんだ。

さすがに、その夜はきつかった。分かっていてもきつかった。

涙があふれ、止まらなかった。

誰でも生まれ持った性格というものがある。母はもともと優しくおとなしめの性格であった。病状が悪くなってもその性格はそのままで、どんな状態でも他人に危害を加えることは一切なかった。今思えば、自己管理ができていないピークの時期だったのだろう。薬が開封されずゴミ箱へ捨てられるのを何度か見た。「薬はちゃんと飲んでくれ」と話していたが、結局飲んではいなかったようだ。優しく、粘り強く説得して薬を服用できていたらと思っている。

母に「殺されるかも」の恐怖

その後しばらく、お茶目怪獣の包丁を振り回す姿が脳裏に残り、寝つきの悪い日々が続いた。一番の恐怖は、オイラが寝ている間に、お茶目怪獣が部屋へ侵入し、包丁で腹部を刺し、朝起きたらオイラは死んでいたということになってはいないかということだった。ありえないとは思っているものの、心配で落ち着いて寝ることも出来なかった。

オイラは自分の母親に怯《おび》え、殺される恐怖を感じていたのだ。朝起きると、まず腹部に包丁が刺さっていないか、布団が血に染まってはいないか、自分の命があることを確認した。そして、生きていることに安堵した。

「今日も生きていた、バンザーイ」とつぶやき、ガッツポーズで目覚める朝だ。

　オイラの部屋にはカギが無いため、夜は自由に出入りでき、腹部に包丁を突き刺すことも難なく出来る状況だ。おかげで睡眠は浅く、小さな物音でも目が覚めるのであった。

　安眠熟睡を確保するため、オイラは近くの金物屋さんでカギを購入し、自分で部屋の入口である引戸へ取り付けたが、それだけでは不安なので、つっかえ棒を使い、ド

アが開かないようにした。こうして二重ロックにすることで、やっとぐっすり眠ることができた。

オイラが何よりもきつかったのは、この悩みを誰にも打ち明けることも、相談することも出来なかったことだ。人には話せない苦しみやツラさは、睡眠不足と同じくらい、きつかった。

朝起きると異臭がした

妄想の多い統合失調症のお茶目怪獣は「世界中から監視され」、「あの人に悪口を言われ」、「見えない敵と戦う」など、大変ツラい日々を送っていた。ひどくなると、妄想相手から「死ね」と何度も声をかけられる。その言葉を相手にし、疲れ果てた時、自分の命を絶とうとする。

「自殺」である。

ある朝、オイラは目が覚めると同時に、ツンとくる異臭を感じた。それが何の臭いかも分からなかったが、鼻を押さえ部屋の窓を全開にした。

この臭いの犯人は、どう考えてもお茶目怪獣だ。隣の部屋を恐る恐る覗《のぞ》くと、その部屋からもっと強く異臭がする。オイラはその部屋へ入り、窓を全開にし、空気を入れ替えて気持ちを落ち着かせた。鼻を押さえながら部屋を見回すと、床にお茶目怪獣がぐったりと倒れこんでいた。その横には液体がこぼれ床の一部分が濡れている。あやしげな茶色い瓶も転がっている。ゆっくり近づき瓶のラベルに目を凝らし見ると、「農薬」であることが分かった。

お茶目怪獣が、自殺を図ったのだと察した。

オイラは、慌てることもなく横たわっているお茶目怪獣をじっと見て観察した。頭の先から顔、目、鼻、口、耳、首、手のひら、手の甲、衣類から足の先、足の裏まで、ゆっくり全身を確認した。

結論は出た。

お茶目怪獣は、農薬を飲んで自殺を図ろうとしたが、行動に移せず疲れ果てた後、床に瓶を投げ出し寝てしまったのだ。「農薬」は飲んでいない。お茶目怪獣の最近の言動や状況、性格からして絶対に飲めるはずが無いと確信していた。

オイラは、お茶目怪獣へ声をかけた。

「おーい、生きているかー、農薬飲んだかー」

体をさすると反応し、動いた。

「ん～」お茶目怪獣が声をだした。

やっぱり生きていると思い、再び声をかける。

「おっかー、死のうと思ったのか」

「ん～」

「気分はどうだー」

「ん～」

「ん～じゃ、分からないだろう、農薬飲んでないよな」

「ん～飲んんない」

よくは聞き取れなかったが、飲んでは無いようなので、オイラは言った。

「俺、学校行ってくるから　床は掃除しとけよな」

お茶目怪獣を置き去りにし、オイラは普段どおり学校へと向った。自分の体が農薬臭くないかが心配だった。

少々冷たい行動だと思われるかもしれないが、非日常があたりまえで、日常生活の中で自殺願望の話が出る状況では、自殺未遂も特別には思えなかった。無事であるならそれでいい、というぐらいの気持ちだった。オイラ自身の感情もだいぶ鈍化していたのだ。

夕方、部活を終え帰宅する。お茶目怪獣の様子を確認すると、お茶目怪獣は場所を多少移動しているものの、そのまま横たわっていた。

「そのままじゃん」と思わず口から出た。

（掃除していないし…。まだ寝ているし…。）

溜息をつきながら、結果的には、オイラが鼻を押さえ、雑巾で床の拭き掃除をした。

「あーぁ、夕食ぐらい作れよな」と小声で言いながら。

普通でない中にいると感覚が麻痺する！

オイラがそうであったように、異様な環境や良くない集団の中に長くいすぎると、その場の考え方や感覚が当たりまえ、または普通になってしまう。つまり、普通でないことが普通になってしまうのだ。もちろんその「普通」は社会の中では「普通でない」ので、「変だ、異常だ」と言われてしまう。結果、社会からはみ出し、生きづらくなる。

個々にかかわってくる小さな社会としては、家庭や学校、会社等があるが、厄介なことに、その小さな社会が「変だ、異常だ」の状態のこともある。一般的社会のある程度の常識にもまれ、その常識と照らし合わせ軌道修正を行う必要がある。「変だ、異常だ」の環境からは早めに脱出し、一般的社会になるべく溶け込む必要がある。

なぜなら、生きる場所が社会の中だから。

お茶目怪獣にとっての良薬

お茶目怪獣は、糖尿病を患っていた。

お茶目怪獣は糖尿病との合併症からくる失明や足先の壊《え》疽《そ》をとても心配していた。それで糖尿病の改善や血糖値を下げるため、本人なりに努力をしていた。自分で、本を買ってきては、糖尿病のことを勉強し、食事療法を行ったり、ニンニクの酒漬けを作り食べたり、グアバ茶が良いと知れば、グアバ茶を作っては飲んでいた。

母との会話で、盛り上がるのが「血糖値を下げ、合併症をいかに防ぐか」の話であった。母は自分なりに自身の体を心配し、日頃から食事制限を行い、「今日は白米を

食べすぎた」とか「今日は甘いジュースを飲みすぎた」などと自己反省をし、日記をつけ日々の食事チェックをしていた。

幸いと言ってよいのか、母が糖尿病であることで、それを改善することが母の目標になっていたのだ。特に定期的に病院で受ける検査の結果を見ては、血糖値が高いだの、下がっただので、一喜一憂していた。そして、結果が悪く出た翌日には仕切り直しだと気合の入った目をしており、その姿は凛々《りり》しくもみえた。

どんな人でも突き進むべき先のゴールや目標があればエネルギーは湧いてくる。それはどんな小さなゴールや目標でもよい。そこから湧き出てくるエネルギーは生活をする中で気力になり活力へとつながる。

お茶目怪獣が糖尿病であることは、大変ありがたいことで、オイラにとっては日々の会話ネタとなり、母からすると他者や薬屋さんとのコミュニケーションの手段にもなっていた。落ち着いた状態で、目も活き活きとし、目標を達成するため一生懸命になる母を見ると安心できた。

糖尿病は、お茶目怪獣にとっての良薬だったのかもしれない。

自分も化ける？　その確率と恐怖

「遺伝」。

子供は両親からの遺伝により、良いところや悪いところ、身体を作り出す細胞の情報等を受け継ぎ誕生してくる。もちろん、オイラも両親からのＤＮＡをもらって誕生している。

父から受け継いだものは、よく分からないし情報も少ないが、胃がんで死んだと聞いているから、オイラもがんになる可能性が高いかもしれない。また、父のことで特に知りたいことがあるとすれば、それは頭はハゲていたのかどうかだ。ハゲならどん

な形でどこまで進行していたのか、知りたいとは思う。問題は、母から受け継いだ「遺伝」だ。考えると、大変恐ろしく重大な問題である。中学での授業中「ハッ」と突然、飛び上がるように気がついた。「遺伝！　もしかして、オッオッオイラも、素質ありかよ。野球の素質はゼロなのに」それからオイラは遺伝や統合失調症の病気について色々と調べることにした。

オイラは、日曜日に一人でバスに乗り、あえて遠く離れた本屋へと向かった。知り合いに遭遇しないよう帽子を深めにかぶり、コソコソと隠れながら本屋へ入った。万引きしそうな、挙動不審な中学生に見えたかもしれない。行き先はマンガコーナーでもなく、大人の世界わくわくコーナーでもなく、医学のコーナーであった。そこで、家庭の医学や遺伝についての本を立ち読みした。その本屋へは幾度も通ったが、具体的なことはチンプンカンプンだった。それでも、なんとなく分かったような気がしたことが一つだけある。

オイラがお茶目怪獣に変身することは、一般の人に比べ（生活環境、ストレス等の状況にもよるが）もしかして、もしかすると可能性が高いかも知れないことだ。

そこで、オイラは男なので、多分、母より父の遺伝を多く引き継いでいるであろうという希望的観測を信じることにした。父の遺伝が強ければ確率は少ないだろうと自己暗示し自分を励ました。しかし、自己暗示は、もろくも崩壊していった。最も重大なことに気がついてしまったのだ。

オイラは父のことを知らなさすぎる。不安がよぎった。

まさか、もしかして、父は宇宙人ではなく、怪獣だったのでは、やたら長い三つの首と顔があり、ものすごく毛深く機械的な声で「ギャーオー」等と叫び、口からよだれを流し、火を噴いていたりして。そんな人が父だったりして。

（頭が恐ろしい形でハゲていたりして。）

それを考えると……。

それ以来、オイラは自分の将来（変身）について、考え悩むことをやめることにした。

「統合失調症と遺伝」の関係

　統合失調症は遺伝が原因で直接的に発症する病気ではない。専門書によれば、「統合失調症は遺伝的要素だけで発症することはない」「統合失調症の発病が遺伝的要因だけで規定されているのではない」等と記述がある。

　統合失調症はよく「心の病気」と表現されるが、実際には「脳の病気」である。ただし、はっきりした発症原因は分かっていない。現在では脳内の情報伝達の物質がバランスを崩し発症すると考えられている。

　また、症状が消滅し、健康な状態になる症例もある。早期発見、早期治療、適切な治療により、回復または改善できる病気である。

ツラい現実は認めるしかない　その上でどうするか考えよう

過去を振り返っても変えられない事実はある。泣いても、わめいても、愚痴を言っても、怒っても、怨んでも、叫んでも、駄々《だだ》をこねても、相手に喧嘩《けんか》を売っても、事実はこれっぽっちも、一ミリも変わらない。

変えられない事実は認めるしかないが、わざわざそのツラさを頭の中や、心の中で中心に置くことはない。その中心に置かれた事実に振り回され、支配され、毎日を思い悩む必要は無い。その事実は、「頭の隅っこに置いておくこと」「記憶を薄くすること」「忘れること」「他の楽しい事実を中心に置き、気が付かないふりをすること」は出来る。

変えられない最悪な事実に振り回されないことが重要だ。

ツラい現実がある。それは認めるしかない。しかし、回避作戦は山ほどある。ここに一例を載せてみる。

1、そのツラさと闘う。
2、闘う気力がなければ休む。
3、忘れる。
4、逃げる。
5、相談する
6、これを機にスポーツにチャレンジする。
7、地球一周を計画する。
8、英語ベラベラをめざし三年後にカルフォルニアに住む。
9、UFO探しを趣味にする。
10、他人が喜ぶ事に全力で取り組む。
その他、二万個ぐらいの案あり。

母の手料理は美味い。

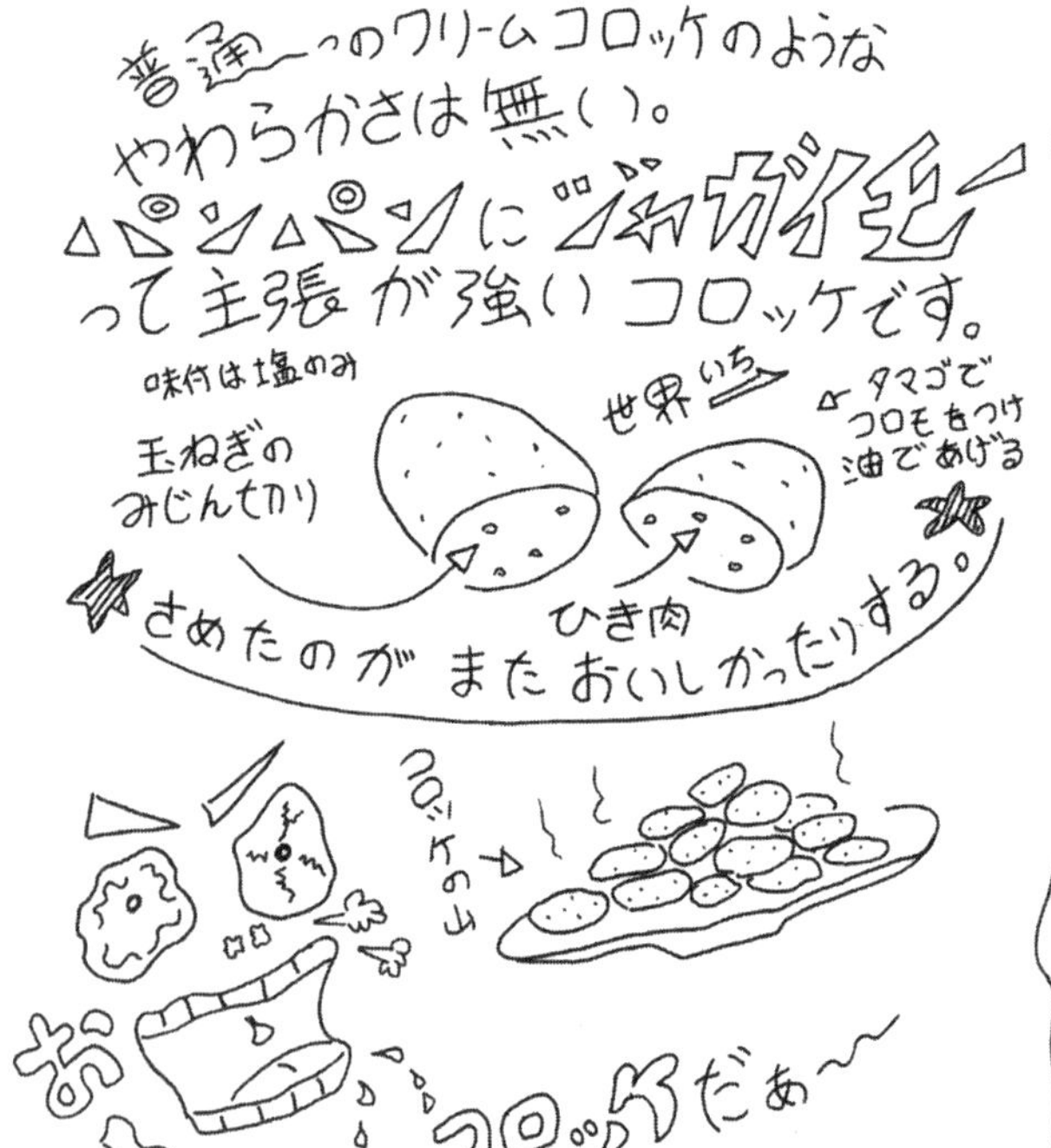
普通〜っのクリームコロッケのような
やわらかさは無い。
パンパンにジャガイモ
って主張が強いコロッケです。
味付は塩のみ
玉ねぎのみじん切り
世界いち
タマゴでコロモをつけ油であげる
ひき肉
さめたのがまたおいしかったりする。
コロッケの山
お
の
コロッケだぁ〜

天使たちが畑で採ったじゃがいもをもらい
大量の「世界一コロッケ」は出来上がるのでした。

第三章　まだまだ悩みは深く続く

高校に行けるだけでも幸せだ

母はお茶目怪獣であるため、仕事にはつけず、衣食住や生活費の大半は天使たちからの援助で成り立っていた。

オイラが、中学三年生になると、クラスメートの関心は、青春の通り道、人生の第一関門、高校受験や進学の話題へと一変した。それぞれが、自分の将来を考え、進学する高校選びに悩み、不安を抱き、受験勉強のためラジオの深夜放送にのめり込むという、まさに一般的青春のあるべき姿であった。

ところが、オイラの悩みは違っていた。オイラの生活は、天使たちの援助で成り立っている。そんなオイラは、高校へ行く資格など無いと考えていた。そのためオイラの悩みは、どうやって中学卒業後に就職先を探しだすか、就職した後、生活は成り立つのか、職場でおじさんやおばさんたちの会話についていけるのか、彼女は出来るのか、歯医者には一生なれないのか、等々であった。

オイラはひとり悩み、日々無口になっていった。

オイラは今後のことを相談し、就職先の紹介をお願いしようと、おじさん（天使）を尋ねた。

「俺、中学卒業後、仕事に就きたいと思うけど……どっかいい所ないかな」

「どうして、高校には行かないのか」

「どうしてって、お金もかかるし……」

「高校までは行きなさい」

「えっ、高校に……行っていいの」

「高校ぐらいは行きなさい、心配するな」

「あ、ありがとう」

話は素早く簡単に終わった。

正直、拍子が抜けた。

あれほど、眉間にシワを寄せ一人悩み落ち込んでいた自分だが、一瞬にして悩みは解決し、三十秒前の自分は宇宙の彼方に吹っ飛んで行った。高校へ行けるチャンスをもらえたことが、とても嬉しく、感謝の気持ちでいっぱいだった。

就職するつもりでいたオイラは、特に受験勉強もせずにいた。スタートは遅れたが、皆と同じように、勉強しながら深夜のラジオ放送が聞けることになり嬉しかった。

オイラは、調子こいて「大学まで」とはさすがに言えず、高校を出て、すぐに働けるよう就職率の高い工業高校を希望し、受験することを決めた。

お茶目怪獣とのしばしの別れ

一緒に暮らし始めて約四年がたっていたが、母の状態は悪化の一途をたどっていた。その頃には絶えず妄想に振り回わされ、独り言が増え、物に当たり、大声で叫ぶ、そんな状況が続くようになり、「お茶目怪獣」への変身時間が長くなっていた。せめて三分間の変身時間ならどうにか耐えられたかもしれないが、三分以上、平気で動き回る。

とうとうある日、嫌がって大声を上げ抵抗するお茶目怪獣を、天使たちが引きずって病院へと連れて行った。その結果、病状悪化のため再び入院することになった。

「グッバイ、お茶目怪獣」

短い間だったけど、お世話になりました？　お世話しました？　どちらでもいいが、思いがけず別れの時がやってきた。

「お茶目怪獣」が入院すると、家はとても静かになった。

オイラは安心して日々を過ごすことが出来た。夜中に包丁で刺される心配もないし、突然の罵声で、びっくり、イライラすることもない。妄想話に付き合う必要も無く精神的にも落ち着いた。カタログ通販のキャッチコピーではないが、久しぶりの「安全・安心・快適生活」であった。

しかし一方で、自分を責めることもあった。母が入院し、ホッとしている自分がいる。母が居ないほうが快適だと感じる自分がいる。そう考える自分は親不孝ではないのか、自分は冷たい人間ではないのかと悩み、気持ちが落ち込み、複雑で、やりきれない思いに駆られた。
　でも、そんなセンチな気持ちも、ひと時のことだった。
　出来れば、あと五年ぐらいは悩みたかった。世の中、そう都合よくはいかないものだ。
　しばらくすると、「お茶目怪獣」は、再び退院してくることとなる。

オイラが就職できた理由

母の入院中にオイラは無事高校へ入学した。やがて三年生になると、就職活動が始まった。当時は「就職氷河期」といわれ就職難の厳しい時代であった。オイラは、あの「お茶目怪獣」と共に、社会の中で生活をするならば、安定した堅い会社か公務員を目指すべきだと考え、大手企業を狙って就職試験を受けた。幸いにも、最初に受けた会社の採用試験に合格し、県内最大の大手企業からは採用内定も頂いた。更に、別に受けた国家公務員試験も受かってしまった。

オイラは悩んだが、福利厚生が厚く、「お茶目怪獣」と生活が維持しやすいと思わ

れる公務員に決めた。採用内定を頂いた大手企業へは、担任先生と訪問し、内定取消しをお願いし、深々と頭を下げた。企業へお詫びをした帰り道、先生が言った。

「今時、就職も決まらない同級生も多い中で、お前は贅沢《ぜいたく》な奴だ」


オイラが公務員に就職できたのは、あの「お茶目怪獣」のおかげでもあると思う。また、育った環境から作られたM性質のせいでもあると思う。

オイラの性質をSかMかで選択をするならば、S（さ〜いくわよ。これぐらい耐えなさーい）ではなく。M（まだまだです。耐えまっせ）に近い。育った環境から、「耐える（我慢する）　求めない（頼らない）　遠慮する（主張しない）」を三大基本姿勢とするスタイルで生きてきたためだろう。

そんなM性質で真面目なアホは最強かもしれない。というのは、そのおかげでオイラは就職ができたかもと思うからである。ただし、物事には良い面と悪い面があり、オイラにとってどう作用したか振り返ってみる。

まず悪い面だが、オイラは中学校ではブームに乗っかり野球部へ入ってしまった。野球部はきつい練習、先輩のしごきなどがあったのだが、M性質のオイラは部活を休むことなく、きつい練習にも耐えていた。同学年の新入部員は、入部当初には約五〇名いたが、様々な理由で多くの部員が辞めていった。

しかし生き残ったオイラはレギュラーではなく、ベンチを温め、相手投手をヤジるのが専門の選手になっていた。最終的に同学年は十二名程度が残り、オイラが目指していたポジションはセンスのある下級生に奪われた。

努力した成果が結ばれず、なぜレギュラーになれなかったのか、今なら理由がよくわかる。自分に実力が無かったことが最大の理由ではあるが、もうひとつ大きな理由がある。それは、勘違い練習のやりすぎである。

授業前の早朝練習に参加し、放課後、土曜日、日曜日もほぼ参加をしていた。恐らく同学年の中では一番休まず参加をしていたと思う。早朝練習には朝食も食べず参加していたため、体力は落ちて痩《や》せていくだけであった。また、当時の練習では、練習中に水を飲むことは「禁止、悪、根性無し」であった。当然オイラは、真夏でも、耐えて水も飲まず練習したが、他の部員は隠れて飲んでいた。オイラは脱水症状の状態で練習中にお星様が目の前をクルクルとまわったり、足元はふらついたりしていた。

そんな状態で満足な練習ができていたとは到底思えない。

「うさぎ跳び階段あがり」も真面目に、言いつけ通りに行ったせいで、関節がガクガクとなり、おかしくも無いのに膝は笑いっぱなしである。そんな練習で成果が上がるはずもなく、やせ細ったオイラは補欠のまま中学校を卒業した。

「能天気おバカ性格」と「勘違い真面目アホ性格」それだけを聞けば、ただの「頭の悪い大バカ野郎」と思われるが、結果的には、その「真面目アホ性格」のおかげで良かったこともあった。それは学業である。

オイラは学校の授業へも休み無く出席した。頭痛があろうが、熱が出ても、身体がだるかろうが頑張って出席した。授業中に眠気が襲ってきても、鉛筆で太ももを刺し、その程よい痛さで眠気と戦い、半目状態でも一生懸命先生の話を聞いていた。

そのおかげで、先生の話を漏れなく聞き取り、ノートには黒板の文字をしっかり写し取ることも出来ていた。その結果、成績は良くなり、授業態度も良好と判断された。それが就職戦線で有利に働き、うまい具合に就職決定へとつながっていったのだ。

M性質で真面目なアホも捨てたものではない、と思っている。

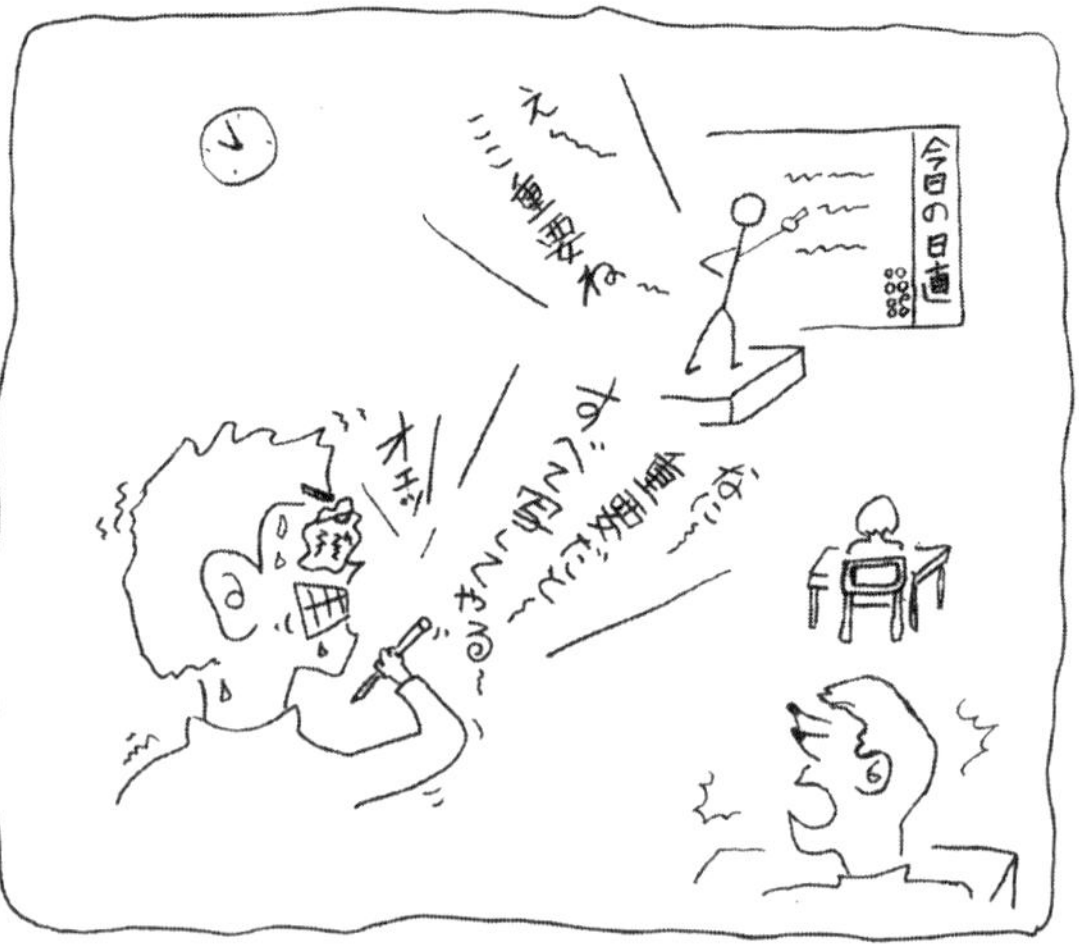

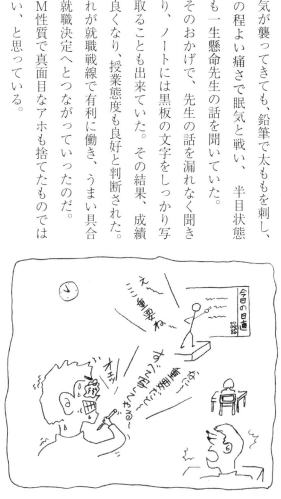

ツライ現実と普通の顔

再入院していたお茶目怪獣も、やがて病状が落ち着き、退院して家に帰って来た。オイラは高校を卒業し、無事社会人となっていたが、生活の場は相変わらずでおじさん（天使）家の隣の小さな住宅で、天使たちに見守られながら生活を送っていた。

会社で働き始め一〜二年が経ち、仕事にも慣れ安定してきた頃、あえて天使たちから距離を置くことを考え始めた。それは早く自立して、育ててくれた天使たちに迷惑を掛けないようにしたいとの思いと、周りの目を気にしない自由を求めるための二つの理由からだった。オイラたちは遠く離れた見知らぬ地へと引越しをすることを決断した。

早速、おばあちゃんを訪ね、引越しの話を切り出した。

すると、こう回答がきた。

「そんなに遠くまで行くことないでしょう」

そう言われてしまうと、反論できない。当時のオイラは、おばあちゃんや天使たちに一言いわれると、即自分の考えを引っ込めてしまうのであった。

その時も「それもそうだ」と思い直し、現在地から歩いて十五分程度の場所へと引越しを行った。ひとまず気持ちの分だけ離れたが、結果としては中途半端なものであった。

しかし、引越し後の現実はそう甘くはなかった。

当然、天使たちのフォローが手薄になったこともあり、「職場への毎度突然お茶目怪獣からの電話」「母の不安定状態の増加」「先の見えない不安」「母への怒り」「喧嘩」「ストレスの増」と問題だらけであった。

自由を求めた結果がこれだった。

オイラの精神状態はボロボロで、人生あきらめかけたりしながら、職場では普通の顔を装っていた。

人の話にうなずき、笑顔し、たまには悩みの相談相手にもなる。自分の苦しみは押し殺し、人に相談することもなく、隠しながら、周囲と係わり、交わりを持ち日常の生活を送っていた。その頃は結構キツい毎日だった。

そんな日々の生活を送ると、これまで身近にいたおばあちゃんやおじさんおばさん（天使）たちに全てが助けられ生活ができていたこと、精神的に助けられていたことが身にしみて分かった。

現実……
彼女を作らなきゃ
怒
不安
ボロボロ
けっこう重い
きびしい
へーっ
そうですか
あっはははは
あの店おいしいですよね
がんばって

隠して生きる人生は疲れる

当事者の立場に立って考えてみると、人の痛みを知らない人が少なからずいると感じる。もちろん当事者でなければ本当の痛みは分からないかもしれないが、思いやりと想像力があれば理解はできると思う。

しかし、実際は中学生や高校生になっても、障がい者を見て笑う「教えの行き届いていない子供」もいれば、大人でも障がい者や統合失調症をもつ人の行動を、小馬鹿にする人もいる。ほんの一部の人達ではあるがそんな言葉を耳にすると心が悲しくなり溜息が出る。

また「統合失調症」についても、ある程度の正しい情報が伝わっていないと感じる。家族も含め偏見を持って見られるツラさ、またその親、兄弟、身近な人達の苦労、生活しづらい立場があることも知られていない。これには家族がオープンにしたがらない側面もあり、なかなか難しい問題である。問題を抱え、苦労しながら誰にも相談が出来ず、平静を装い普通のふりをして生活を送っている人達が、案外身近にいるものだ。

「隠して生きる人生」は、気を使いコソコソするため疲れる。しかし「オープンにして生活する人生」も、いちいち説明が必要で、気も使い面倒くさ過ぎて生きづらい。

どちらもツラい。

オイラは「隠して生きる」を選択したが、その生き方は人格形成上ではマイナスもでた。場面にもよるが、まず関係する周囲の人に本音で語れない、隠し事が多くなる。頼れるのは自分だけだと考え、他人に過度な期待もしない。その結果、関係は希薄になり、いつも冷めた目で相手を見るようになり、周りからは感情の起伏が少なく、分かりづらい男と見られることもあった。別にそれでもいいが、何か物足りなく寂しくも思っていた。

もしも、お茶目怪獣が自殺したならば

選択として避けたいことだが、人間は自ら命を絶つ行動をとってしまうことがある。日本でも年間約二万人以上が自殺で命を絶っている。資料によると、自殺者の大多数は自殺を図る前には何らかの精神疾患の診断に該当する状態であったとの調査結果が出ている。また、適切な精神状態へと回復の治療を受けていれば自殺は予防できるとされている。

母も「私は生きていても迷惑かけるから死にたい」とよく口にしていた。オイラ自身も時には自分をだまし、自分に嘘をつきながら生き延びてきた。母かオイラか、どちらが自殺を図っていても不思議だとは思わない状況でもあった。

しかし、これだけは言える。母の後見人でもあるオイラにとって、母に死なれると大変困る。

もしも「お茶目怪獣」がアパートで自殺したならば、恐らく自分たちだけでなく周りにも迷惑をかけることになる。アパートの大家さんにも申し訳なく、逃げるように出て行かなければならない。職場にもいづらくなりオイラの立場は厳しくなり、生活はますます苦しくなるであろう。

心理的な面では、残された親、兄弟、親戚、友人等の近しい関係者は特にショックを受ける。

「あの時、もっと優しくできなかったのか」

「あの一言が悪かったのか」

「話をちゃんと聴いてあげれば」

身近な人達は、そんな風に自分を責めてしまいがちである。そして、場合によっては自殺がトラウマとなり心の傷として残り、関係する人達が連鎖的に落ち込み、心を病んでしまうこともあるかもしれない。

母が「死にたい」と口にするたびに、オイラは粘り強く説得していた。

「おっかーが死ぬと大変困る。誰がご飯作るのか。掃除は俺できないし、おばあちゃんが悲しむだろう。絶対に死ぬなよ。絶対に」と。

しかしオイラも人の子、お茶目怪獣の子、機嫌の悪いときは、

「朝から死にたい死にたいって、うるさいんだよ」と言い返すこともあった。

そんなやりとりをして職場へ向かった日は、さすがに仕事への集中が難しい。今この時にも母が自殺を図ってはいないか、警察から突然の呼び出しがないか不安で、職場へかかってくる電話にビクッと反応していた。

もしも、アパートの玄関ドアを開けると母が白目をむいて首からぶら下がっていた

ならば……。

そんなことを思い、仕事が終わると寄り道もせず家路を急いだ。母の無事を確認するために。

自殺企図は排除すべき

アリが一生懸命働いている姿を見ると、思わず応援をしたくなる。

そのアリも思わぬ原因により、その一生を終えるときがある。たとえば道を行進していると、突然に飛び出してきた猫を避けようと車がカーブをきり、そのタイヤでペシャンコになる場合や、美味しそうで大量な食べ物を発見し、仲間を呼び巣で食べていると身体を害し、一族全員が滅びたりする。

その死の原因は自ら望んだことではなく、外的要因から起きたものだ。

人間が自殺を図る原因は「個人の問題、責任」ではない。どちらかといえば「社会的要因」から作り出される様々な問題から発生するストレスによることが大きい。

日本は諸外国と比較して、トップクラスで自殺者が多い。それは、風土的問題と社会がストレスを生みやすい環境にあり、それも起因のひとつになっている。

自殺の原因はひとつだけでは起きにくく複数の要因が重なり、キャパを超え、追いつめられ、精神的に疾患状態となった時にとってしまう行動だ。

本人や個人だけでは解決が難しい。なぜなら、その原因は「外的要因」から来るためだ。いじめ、虐待、DV、病気、介護疲労、過重労働、パワハラ、家族関係、多重債務、マイノリティに対する差別等々、多岐にわたるストレスは全てが自分自身から求めているものではない。

個人で解決するのは難しい事だらけだ。他人（第三者）へ相談することだ。ひとりで抱えない、ひとりぼっちにならない、ひとりにさせない。

また、自殺企図の原因は取り除く必要がある。場合によっては、その原因から離れること、関わらないこと、大声を出し、大急ぎで逃げることだ。

第四章　オイラの最悪な恋愛事情

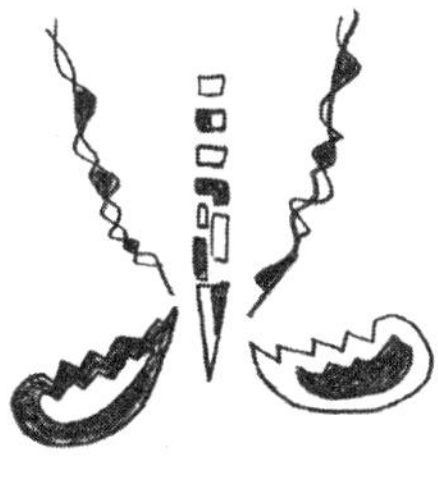

彼女を作れない理由

オイラの高校生活は九九%男子だけであった。野郎どもに囲まれ女子と会話をすることも無く三年間を過ごした。接した女子は主に母だけである。

高校を卒業すると社会人として、社内の女子職員や女性のお客さまとも会話を交わさなければならない。その時、気が付いたことがあった。オイラは女子との会話が出来ない。極度の緊張から女子を目の前にすると怖くて逃げたくなる。

いわゆる「女性恐怖症」である。

世の中の約半分は女性である。そこを避けて社会の中で生きるには難しすぎる。

オイラは、自身の女性恐怖症を克服することを決断し、訓練療法先として、いわゆる「スナック」を選択した。一度、先輩に連れられて行ったが、オイラにとっては、ただの針のむしろ状態で楽しさなど微塵《みじん》もなかった。しかし、リハビリと考えれば最適な場所である。

オイラは、約二年間、定期的にスナックを訪問し、見知らぬ女子と会話を行う訓練に励んだ。徐々にではあるが症状は改善され、女性恐怖症を克服することが出来たのであった。（オイラにとってスナックの女性は優しい先生であった。）

女性恐怖性も改善されると、普通の感情で女性に接することもでき、当然のことながら彼女がほしいと思い始めた。

会社の仕事もぼちぼちこなし、お酒も覚え、「家」以外の母親と絡みがない場所では順調に行き、それなりに楽しく過ごしていた。

ある日、職場を通じて知り合った女子と食事をすることになった。オイラにとっては、初めての女子と一対一でのご対面である。

彼女とは、喫茶店で待ち合わせをした。オイラは少し早めに出かけ、店内で彼女を待つことにした。

しばらくすると「カラ～ン」と音を立て喫茶店のドアが開き彼女が入ってきた。オイラは立ち上がり、引きつったぎこちない作り笑顔で彼女に手を振った。彼女は目線をこちらに向けると軽く会釈をした。

オイラは、いつもより半音高い声で「こちらです。どうぞ」と言った。彼女が席に着くと、オイラの心臓は爆発寸前であった。まるで油の切れかかったロボットの様な奇妙な動きで、注文をしたアイスティーに手をのばし、喉をうるおしながら会話をしていた。勿論、オイラの声はいつもより半音高い。

時間がたつと、オイラの気持ちも落ち着き、打ち解け、声のトーンも正常値へと回復し、話は弾んでいった。話題も多方面へと広がり、高級な潤滑油を注入したロボットへと変化していった。趣味や好きな食べ物、仕事のこと等、話は尽きなかった。しかし、家族の話が出たとたんオイラは苦しくなった。

「ねぇ、お父さんは何をしているの」

「ああっ、おやじは僕が小さい頃、死んじゃったよ」

「ごめんなさい」

「別にいいよ、気にしないで」

「お母さんは？」

「ああっ、元気で家のこと頑張っているよ。あっ、そうだ、今度、映画でも見に行かない？　面白い映画、始まっているよ」

「ほんと、嬉しい、行きましょうよ。でも怖い映画は苦手よ」

彼女とは話も弾み、楽しい時間を過ごしたが、なぜか心苦しい感じが残った。

彼女とは、何度か会った。

楽しかった。

しかし、彼女との距離が近づくにつれて、心苦しさは増すばかりである。彼女を、「だましている」そんな後ろめたい罪悪感にとらわれていた。父親や母親のことを正直に話せない。話せばこの付き合いは崩壊する。

彼女が屈託のない笑顔で家族の話をする。オイラは、偽りの家族像で嘘の話をする。

彼女の笑顔が増えるほど、オイラの苦しさは増していった。

彼女に非はまったく無い。

でも……。そんな付き合い、長くは続かなかった。

好きになればなるほど、その人を遠ざける。

好きになればなるほど、自分が苦しくなる。

好きになればなるほど、「自分には、人を愛する資格はない」と、自分を責め、気持ちにブレーキをかける。

好きになることさえ許されない。人を好きになれない。

愛せない。

そんな人間へと変わっていった。

探し物をあきらめると見つかったりする

　そんなわけでオイラには、真剣に付き合った女性がいなかった。付き合うことが出来なかったのだ。この状態では、彼女を作れないと思っていた。付き合っていても母親や父親の話は出来ないし、付き合いが順調に行けば結婚の話も出てくる。そんなことになると両家のご対面となる。想像しただけで頭の中は「無理、無理、無理」状態。
　自分自身だけで勝負をするならば、ある程度の自信はあった。安定した給与と仕事。笑いの取れるトーク。世の中は女性がいて成り立つものだと思っていたので女性に対しては優しい。男子力としては容姿を除けば、まああの出来ばえであったと思う。

しかし、結婚を前提に彼女側と個人で対戦をしても、話が進めば必ず両家の親を含めた団体で対戦をしなければならない。こちら側にはメンバーの一員にお茶目怪獣がいるため、対戦自体が成り立たないのは目に見えている。

母親は女性の平均寿命から計算すると、後三〇年以上は寿命がある。ということは、母親が亡くなる頃にはオイラは五十五歳を過ぎている。それまでは結婚が出来ない、不可能だとあきらめていた。独身が悪いわけではないが一生独身だと思った。

不思議なことに、人生の一部をあきらめると、心の中にあきらめた分の余白が出来る。余白にマイナス思考や悪、いじけ、恨み、嫉《そね》み等が住み着くと性格は悪くなるが、余白を余白のままで残しておくと、心にゆとりが出来て多少の出来事では驚かない。怒らない。また、家族のため将来のために貯金をする必要も無いので、けちにもならない。側から見れば良い人に見えるらしい。

それが影響したのか、女性の知り合いは増えていった。

そして、あるきっかけで、ひとりの女性と知り合った。彼女とはなんとなく友達から始まり、いつの間にか付き合っていた。それから、あれよあれよと時がたち、母や父の話の具体的な話は避けながら、約五年が経ってしまった。

オイラは結婚をあきらめていたので、相変わらず結婚の話が出ても、ごまかして逃げていた。だが、付き合って五年も経つと、それも難しくなってきた。

彼女からすると、オイラが何を考えているのか分からないし、真剣なのかも分からない。そんな、煮え切らない、ダラダラした付き合いは限界が来ていた。合うたびに言い争いになり、彼女の怒りは爆発し、涙が止まらなくなっていった。そんな関係に、彼女は心身ともに疲れ果てていった。

オイラはこれ以上の付き合いは、彼女に嫌な思いをさせ、苦しみや不幸を与えるだけだと考え、家庭の状況を告白することを決断した。もちろんその結果、別れ話を切り出され、フラれてしまうことを覚悟した。それでもしょうがないと思った。もう限界だった。

「だから何よ」に仰天

その日も車の中で、煮えきれないオイラと彼女は口論になった。

彼女は怒り、泣いていた。オイラは思い切って話を切り出した。

「聞いてくれ、実はずっと隠していることがある。俺の母親のことだ。俺の母親は病気だ。しかも統合失調症で入退院をしている。それが俺の母親だ」

彼女は即座に答えた。

「だから何よ」

「えっ！」

オイラは仰天した。「だから何よ」って何だ？

オイラの告白を聞いて　びっくりしたり、動揺したり、気持ちが引いたり、気まずい沈黙みたいなものはないのか？　それとも、統合失調症が解らないのだろうか。

「俺は、親の面倒も見ないといけないし、その親は病気なんだ…」

「だから何なの」

オイラは、彼女はきっと統合失調症を知らないのだと思った。

その場は結果の出ないまま、疲れきった状態での別れとなった。

しかし、後日、彼女から統合失調症を知っているうえで、「だから何よ」と答えたことを知らされた。オイラは唖然として思った。

「今時いるのかこんな女……」

そんな男と結婚して苦労するのは目に見えている。他にいっぱい良い条件の男はいるのに、わざわざこんな男と結婚しようというのか。オイラには信じられなかった。

怪しく思った。

しかし、彼女とはそのまま付き合うことになった。横にいる彼女を見ていると、「親との同居は絶対にさせない、させてはいけない」と思った。

身内のオイラでも腹が立ったり、イライラしたり、逃げたくなることもある。他人の彼女が耐え切れるわけがない。

爽やかなマリンブルーの海に向かい、滑舌よく大声ではっきりと、自信を持って強く言える。

「八〇〇パーセント無理である。」

ストレスマックスで取っくみ合い

彼女との付き合いも長くなり、オイラにも「もしかして結婚ができるかも」という欲が出てきた。外で彼女と会っているときは、そんな希望がムクムクとわき上がるものの、アパートへ帰り母親を目の前にすると、その現実に希望は木っ端みじんとなった。

彼女に会って希望を抱き、帰宅をすれば木っ端みじん。そんな毎日を繰り返すと、オイラも疲れ果て、ストレスが増し「母親のせいで俺は結婚も出来ない」と思う気持ちが積もっていった。

それ以外の職場でのちっちゃなストレスも含め、何もかもがゴチャゴチャにブレンドされ熟成し限界に達していた。ちょうどその頃、母の調子も急下降していた。

その結果二人は暴力という形でぶつかり合ってしまった。


その日は仕事が休みだった。朝は、毎度毎度で、母親の見えない敵との戦いから発する怒鳴り声、叫び声で目が覚めた。

眠たい目をこすり、台所に立つ母親へ言う。

「おいおい、今日も戦いかよ、静かにしてくれない、うるさいけど」

「あいつが死ね死ねって言ってくるんだよ」

「ハイハイ、でもね、俺は今日、休みなの、ゆっくりしたいわけ。黙ってくれない」

「あんたも、あいつと同じで死ねばって思っているんだろ」

「ハイハイそうかもね。俺は一眠りするから、黙れよ」

そう言って、オイラは部屋へと戻った。しかし、母親の罵声はとどまらなかった。

オイラは、飛び起き、部屋のドアを勢いよく開けると「黙れ」と大声を発した。母親はオイラをにらみ返し、震えた叫び声で「何ーっ」と返してきた。お互い、怒りにまかせ、近づき、胸ぐらをつかみあった。

オイラは生まれて初めて母親に手を上げてしまった。母親も負けじと対抗してくる。オイラは直ぐに我に戻った。それからは、相手を避けるだけの防戦一方になった。後ずさりしながら、殴られながら、もの凄く悲しくなった。手を上げてしまった自分の情けなさ。どうにもならない現実。逃げられない現実。頬を伝っていく涙が冷たく胸が苦しかった。

心の中で母親に「すまん」と詫びていた。

分かってはいるはずだった。母親が悪いのではなく、その病気が悪いのだ。怒りをぶつける矛先は母ではないことを。

苦しいのは、母も同じだ。

時間が経ち落ち着くと、座り込む母親の姿を見て悲しさは倍増した。自分自身が限

界にきていることも感じてしまった。これ以上は一緒に居られない。

後日、オイラは母親をずっと診てくれていた病院の先生へ電話を入れ相談をした。

状況を聞き取った先生は「直ぐに連れてきなさい」と言った。

母親へは、理由を作って無理やり外へ連れ出して、車の中へと詰め込んだ。病院まで猛烈な勢いで運び、病院入口では怒る母と口論し、看護師の力を借り、どうにか診察室まで連れて行った。

診断の結果、母は即入院することになった。

何度目の入院か忘れたが、正直、ほっとした。

この入院は、母だけではなく子供のオイラまでも救ってくれた。恐らく先生は二人の限界を感じとり判断を下したのだろう。

今でも、目に涙を浮かべ先生がオイラに言った言葉が忘れられない。

「りんじろうさん、なぜここまで耐えて、我慢してきたの？　ツラかったでしょう…。」

二人を救ってくれた先生には今でも感謝をしている。

「逃げる」オイラの選択

精神状態がマックスを超え、自分のキャパで抑えきれなくなり、限界からあふれ出したとき、オイラは走って逃げた。

目の前の問題を個人では解決ができない状況になり、病院の先生へ相談をした。（そこへ、逃げ込んだ）

先生は、専門医であり、多数の患者さんを診て、その家族と関わってきたプロである。先生は状況から判断し、母の医療保護入院の決断をした。

オイラは素直に先生へ「助けて欲しい」という気持ちで訴えた。その結果がオイラから強烈な悩みとストレスを取り除いてくれたのだ。

オイラは先生のもとへ逃げ込んだが、その行動で後の人生が大きく変わっていった。

「信頼できる専門家」と「逃げる場所」は必要である。

結婚への面接は四対一

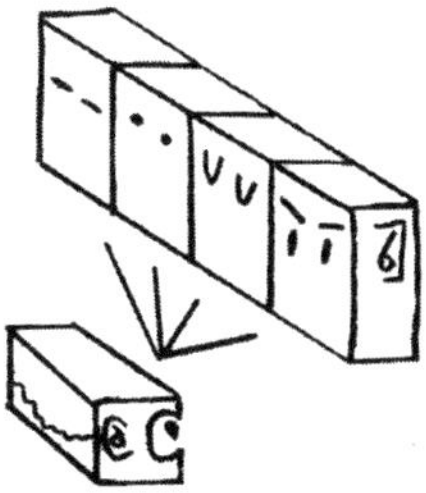

母親の入院はこれまでにない長期となっていた。

「鬼の居ぬ間に」ではないが、彼女との付き合いも七年が経ち、そろそろ籍を入れるべきだとお互いの認識が一致した。

オイラは嬉しいと思う気持ちとは裏腹に、複雑な気持ちを持っていた。

今後、彼女に対する母親からの防衛。守らなければいけないと思う気持ち。母親の退院後の生活を考えると、幸せに出来るのか不安だらけだった。

しかし、そんなことより、まず初めの関門は、彼女の両親であった。オイラは彼女の両親へ挨拶を兼ね、結婚の意思を伝えるために会うことにした。

まだ暑さの残る秋口、夕方の六時であった。事前の作戦会議を開くため彼女の実家近くの公民館駐車場で待ち合わせをした。段取りを確認し会議が終了すると、緊張しているオイラに向かい彼女は励ましの言葉を掛けて一足先に家へと戻った。

しばらく間をおいて、オイラは彼女の実家、玄関前に立った。ネクタイを締めなおし、大きく息を吐ききるとチャイムを押した。出迎えたのは緊張する彼女だった。案内され床の間へと通された。そこには座卓があり、向こう側に父親と母親、そしてもう一組、親戚の人らしきおじさんおばさんが座っていた。なぜか四対一の状態だった。まさに面接である。

オイラの母親の情報は事前に彼女から両親へ入っていた。そのためか話は自己紹介や一般的な話題で難なく終わり、特に波風も立たなかった。だからと言って結婚の了承を得たわけでもなく、返事を頂いたわけでもない。その日は帰ることになり、面接

の結果は、後日、彼女を通し伝えられることになった。

しばらく日がたち、彼女から面接の結果が伝えられた。

「不合格」（認めません）

オイラの想像どおりであった。前回の面接は回答の決まっていたセレモニーだったのだ。相手の両親は、始めからオイラを受け付けていなかった。

良いように解釈をすれば、彼女のご両親の気遣いで、オイラを傷つけることなく、娘の気持ちも汲み、会うだけあって、やんわりと断りを入れたのだろう。

しかし、そんなセレモニーの回答に対し、「ハイハイ、そうですか、分かりました」なんて、簡単には引き下がれないのが何となく男って奴で、やめときゃいいのに再度の挑戦に踏み切った。

オイラが親でもそう思う

しつこいオイラの要望を受け入れてくれ、再び彼女の実家、床の間へと通されることになった。今回は、座卓の向こう側にはご両親のみが座っていた。

父親が口を開いた。

「娘を通して断ったつもりだが、今日は何をしにきたのかな」

「もう一度、ご両親へお願いに来ました」

母親が口を開いた。

「あなたは、大学を出ていないそうだけど高卒なの」

「はい」

「私たちの娘は大学を出ています。あなたの出た高校はどこなの」

「少しでも、就職に有利になると思い工業高校を選択しました」

「娘を大学まで行かせ、連れてきた相手が高卒、何のために大学まで行かせたか分かりますか」

母親の質問は続いた。

「あなたの母親は今どうしているの」

「はい、今は入院中です」

「何の病気なの」

「統合失調症という病気です」

「母親はいつから病気なの。治る見込みは。今後は誰が面倒見るの。あなたは母親が何歳の頃の子供なの。そのとき病気はどんな状態。相手は。あなたはどうやって育ってきたの。親戚はどんな人達。母親の両親はどんな人。あなたは大丈夫なの」

質問は矢継ぎ早にくる。父親についても聞かれる。

「父親はどこで何をしている人なの、名前は」

「正直に言いますと父親のことはよく分かりません。私が幼い頃、亡くなったと聞いています。名前は……。分かりません」

「あなたは、自分を生んだ父親が誰かも分からない。名前すら知らない。しかもあなたは母方の名字になっていて、親同士は籍も入れてないでしょう。昔は籍も入れず子供を生むなんて考えられないことだったのに」

「私は、確かに父親のことはよく知りません。でも居ないことによって普通に育った人と比較して、著しく劣るところは無いと思っています」

「私たちの娘を、素性も知らない、どこの馬の骨かも分からない、あなたの様な人へはやれません。家柄も違いすぎる。帰ってください」

しばらく沈黙があり、オイラは一礼し、言われたとおり帰ることにした。その場を立ち上がると玄関へと向かった。そして、靴を履き終えると、出る間際にひとりつぶやいた。

「こうでなくては、これが、正に予想していた展開のシナリオで想定内の内容だ」

オイラの微かに震える背中を見送る彼女。振り向くと目には涙がにじんでいた。

「ごめんね」と小さな声。

「なんの、なんの、今日は帰ろうね」と返事をした。

しかし、想定内とはいえ、まああきついと感じはした。

ご両親の気持ちもよく分かる。星の数ほどいる男の中から、わざわざ条件が悪く素性もはっきりしない男を選ぶ必要はない。かわいがって育てた娘を得体の知れない男の嫁にやることはきつい選択だ。

世の中、まだマシな男はいっぱいいる。オイラが親でもそう思うに違いない。と考えればご両親の発言はあたり前だし悪くもない。むしろ、親としては健全だ。よく理解も出来るし同情もする。そんな妙な理解と納得と同情をするから三度目の挑戦にチャレンジが出来るのであった。

どんな人でも必要不可欠な大切な存在である

統合失調症の発症については諸説ある。その中でも心に響いた説がある。それは「統合失調症は人類がアフリカで誕生した時から存在する疾患で、その有病率はずっと一%を維持している」というものである。つまり、人類に必然のものであるという考え方である。

もし地球上に存在する人類が、一種類の同型人間だけならばどうだろうか。万一、人類にとって耐え難い環境変化等が発生したとしたら、同型人間だけならその抵抗性も全く同じであるため、環境に対応できず全員消滅しかねない。多種多様の人類があることで一種類は助かる可能性もあると考えることができる。

又、同型人間だけの大きな集団では、まるでロボット集団であり、感情豊かで楽しいと思える生活は希薄になりうる。

様々な容姿や性格、人種、生まれ持った心の個性や身体の個性が多種多様に存在し共存することで人類は成り立っている。共存を否定すれば、それは自分をも否定することになる。共に生きることで個々の生命は成り立っている。人類が自己防衛のため、地球上で子孫を繁栄させるため、人間らしく生きるため、各個人は必要不可欠でとても大切な存在として誕生している。


母と暮らして感じたことがある。母は必要とされてこの世に生をもち、誕生したということだ。私の母も人類の一員として、必要不可欠で大切な存在である。あたり前に存在し、あたり前に生活し、あたり前に社会の一員である。

ただ、その存在してあたり前の状態を、多くの人々が理解、意識できていない現状もある。毛嫌いされるべきでもなければ、奇異な目で見られるべきでもない。

終章　新たなる始まり

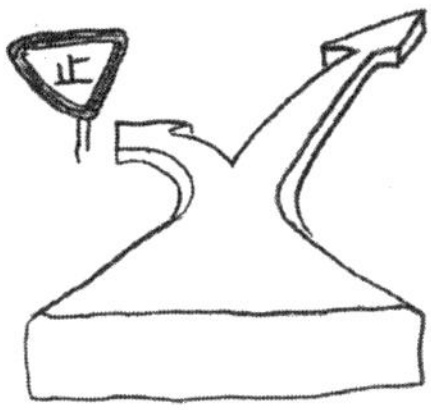

カバンちっちゃすぎのかけおち

彼女のご両親と無理やりお会いした三回目の挑戦。もちろん、玄関に塩を撒《ま》かれる勢いで撃破され、人間では無いかの様な扱いをされ、海底深く、ふか〜く、沈んでいった。

チャレンジはそこで終了することにした。

しばらくは、海底深く沈んだ状態で彼女とは隠れて会うようになったが、先の見えない付き合いに、オイラと彼女は疲れていった。

結婚は両家があって成り立つもの、彼女のことも考え、先のない状況を打破するため、結婚をあきらめたオイラは彼女に別れ話を切り出した。

オイラは彼女を呼び出し、口を開いた。

「俺たち、このままダラダラと付き合っても何の進展も無い。お前も両親は大事にしているし、可愛がられている。親の気持ちも分かる。親とは無理に縁を切ることも出来ないし、俺たちの関係を考え直そう」

「分かった」

彼女はそう答えるとあっけなく帰っていった。

意外にも、あっさりとした別れになった。やっぱり、こんなものかと思いもした。

翌日、彼女がちっちゃなカバンを持ってオイラの前に現れた。

そして、こう言った。

「家を出てきたから、今日から泊まっていい？　親とは縁切ったから」

「オヨヨヨヨ」

オイラは、顔面に付いている二個の目ん玉が、勢いよく飛び出るぐらい驚いた。あまりにも唐突だし、まさか彼女が家を出てくるとは思っていなかった。あり得ないと思った。あの両親に何と言ってきたのだろうか。説得できなかったから飛び出してきたとは思うが、お嬢様っぽい感じの、お嬢様っぽい育ちで、お嬢様っぽい彼女に、そんな行動が取れるとは思ってもいなかった。

「お前はわざわざ、不幸になりたいのか」と叫びそうになった。

(カバンちっちゃすぎだし。一泊二日の旅行じゃないし。金目になりそうな豪華なタンスぐらい担いでこいよ。)

もちろん彼女へは感謝とうれしい気持ちもあったが、その思い切った行動には「女は強い。強すぎる」とあらためて思った。同時に、「変だよ、理解できない、なぜ」と彼女が不思議に思えてならなかった。

彼女の強い意志はご両親へ伝わっていて、連れ戻しに来られることもなく、彼女が戻ることもなかった。

その後、しばらくすると、彼女と二人で役所に出向き籍を入れた。

状況はどうであれ、まさか自分が結婚できるなんてとても信じられなかった。

一生独身だと思って描いていた人生設計は、進路を変え、新たな図面に描きかえる必要が出てきた。

赤ちゃん誕生で変化が

彼女のご両親とは、かわいい赤ちゃんが誕生するその日まで、オイラは顔も合わせていなかった。当然、赤ちゃん誕生は彼女からご両親へ連絡してあり、赤ちゃんを出産する当日、病院の待合室で三年ぶりの再会となった。

病院の廊下を小走りに駆け寄ってくるご両親。オイラは長椅子から立ち上がり会釈をし「お久しぶりです」と声をかけた。ご両親は、「赤ちゃんは」と聞いてきた。三名は待合室でソワソワしながら、特に会話もなく静かに待っていた。赤ちゃんはなかなか生まれてこない、時間だけが経ち、義父は仕事があるため帰宅した。

しばらくするとオイラと義母は分娩室へ呼ばれた。義母が先に立って分娩室へ入り赤ちゃん誕生の瞬間を見守った。踏ん張る妻から、サルのような赤ちゃんが「おんぎゃ〜」と声をあげ無事誕生した。義母は大喜びで、五体満足な立派な子供だと娘の手をとり、とてもうれしそうであった。その横でオイラは複雑な気持ちでおろおろし、目の前がクラクラして立っていた。

ご両親と会ったのは三年ぶりのその一日だけで、その後、義母とは五年間会うこともなかった。（実は義父は内緒でたまに娘と孫の顔を見に来ていた）

相手のご両親からすれば可愛い子供と孫である。

オイラは嫁に「俺は実家から呼ばれるまでは行くことは出来ないが、子供を連れていつでも実家に顔を出してきたらいい。そうすればご両親も喜ぶし、子供も、じいちゃんやばあちゃんと過ごす時間が出来る。楽しいはずだ」と話していた。

オンギャー

嫁と子供には何の責任も無い。オイラの歩調に合わせる必要も無い。その方が良いと思った。

時は経ち、子供が五歳になった頃、オイラは相手のご両親から実家へ来るよう言われた。子供が誕生した病院分娩室以来の再会である。

呼ばれたのは、実家で行われていた法事の場であった。

オイラが実家を訪れたのは八年ぶりだったが、会わずに過ごした歳月を感じさせないかのように、ご両親とは普通に接することができた。

法事では、「あんたは誰ね」の親戚からの問いかけには「次女の夫です。よろしくお願いします」と自己紹介をしつつ、お茶くみをして親戚や訪れる人達の接待を行っていた。

義母からの最後の言葉と和解

法事の後、オイラは「婿」と認定され、実家を行き来するようになった。しかし、まもなく、義母は病に伏せてしまい、入院することになった。

オイラは、嫁と子供を連れ、何度もお見舞いに行った。義母の入院は長くなり、徐々に症状が悪化していった。入院から半年後には満足に話すことも出来ず、身体のあちらこちらに管が通され、医者からはもう長くはないと宣告をされた。

義父は悲しみ、親戚や知人等多くの人がお見舞いに来ていた。

義母は感じていたのだろう。自分の死が近いことを。

オイラは義母に病室へ呼ばれた。
病室へ入り枕元に近づくと、義母は手を伸ばしオイラの手を取った。
そして、ささやく様な小さな声で言った。
「いろいろありがとう。りんじろう」
オイラは義母の手を両手で握り返すと
「僕の方こそ、ありがとうございます」と言葉を返した。
それが、義母とオイラとの最後の会話になった。

その後しばらくして義母は亡くなった。

義母とはいろいろあったが、義母の存在があって娘がいて、その娘とめぐり合い、世界一、宇宙一、超ウルトラかわいい子供が誕生した。

義母の存在が無ければ、今の自分や生活自体もなかったことになる。

そんな義母と最後に和解ができて本当によかったと思う。

全てから解放された

義母が亡くなった日から、オイラは実家へ通い葬儀に向けての準備や打合わせ等で手伝いをしていた。

葬儀前日、オイラは義父に呼ばれこう言われた。

「明日、墓前での最後の挨拶《あいさつ》は、りんじろうがやりなさい」

義父の一言に驚いた。オイラでいいのか。

同時に、義父の発した一言で、オイラは全てから解放された気持ちになった。

義母や義父から本当の意味で認められたように感じた。

どこの馬の骨かも分からない、最低な人間だと思われていたオイラ自身だったが、十年以上の歳月をかけ、ようやく認められた瞬間だった。その十年以上をかけてとった行動が、ご両親の理解をいただいたのだ。

時間はかかったが、耐えるべきは耐え、ふて腐れることなく常に前を見て、待つべき時には待ち、引くべき時は引き、結果を急ぐことなく相手の気持ちを理解する。地道だが、この繰り返しで得た最終的な結果であった。

母（お茶目怪獣）と過ごした日々でオイラの現在は作られ、存在もしている。

ツラいこともいっぱいあったが、それらを乗り越え落ち着いてきた今、これからの人生を意地でも楽しく過ごしたいと考えている。

最終的な結果が出た時点で、これまでに起きた苦しい、ツラい経験は、全てが過去の出来事になった。

そして、笑い話になった。

気がつけばみんな同じだったりする

人は生きていると、ツラいことや楽しいこと、悲しいこともいっぱいある。

私がここまで生きてきて（まだ若造ですが）なんとなく感じることは、人生をまじめに普通に生活していれば、全ての人に同じだけの喜怒哀楽が与えられているのではないかということだ。

ただ、人によってはその時期が早いか遅いか、または押し寄せる波が強いか弱いか順番にも違いはある。私は人生の前半に「怒」「哀」が先行してツラいことがたくさんあった。しかし、徐々に解放され「喜」「楽」の多い生活になりつつある。

若い時に、「怒」「哀」が大量に押し寄せて来た場合、ストレスの受け方は半端なく強くツラくて悩みも大きく感じることだろう。しかし、人生後半は「喜」「楽」が両手を広げて待っているはず。途中であきらめたり人生を投げたりせずに、そこまでたどり着く楽しみを持って欲しい。

又、若い時に苦労をした人は、いぶし銀を放つ味のあるいい大人に成長するはず。「若いときに悩み苦労してきた甲斐があったよ」とビールを片手に夜空を見上げながら「グイッ」と飲み、「ぷふぁー」と味わうこともできる。

逆に人生前半が楽し過ぎた人、気になる後半の人生が心配になりますが、大丈夫です。後半にツラいことや悲しいことがあっても、それまでに培った人生経験や大人パワー（元気があり、何でも笑ってはね返すおばちゃんパワーみたいな感じ）で対応ができるため、問題は上手に回避ができるはずだ。

今をツラく感じ、気持ちが落ち込んでいる方、悪の道に迷い込むことなく、前を向き、地道に慌てず、一歩一歩、進んでいくことが肝心です。輝く光は、必ず差し込んできます。

オイラが尊敬し、愛する母親は現在では八〇歳近くになった。

母は常に手助けが必要で、一人では生活ができない状況となり、先生と看護師のお世話を受け、生活を送っている。最近では、ぬいぐるみに名前を付けて話しかける、そんな、おだやかな老後を過ごしている。

あとがき

本書を手にとっていただき、誠にありがとうございます。感謝の気持ちを込め、厚く御礼申し上げます。

ツラい。きつい。人生に絶望しているると感じているとき、救いの手を差し伸べてくれるのは時間の経過であったり、社会システムや人間関係であったりします。時間の経過はだれにでも無条件に与えられていて、苦しい、ツラい出来事も徐々に軽減してくれる最大の味方といえます。

そして生活しやすい環境や、助け船を気軽に利用でき、それによって個々が救われていくような社会システムが必要です。個人対個人、個人対団体、個人対社会、個人対行政等、助け合える関係作り、社会システム作りをより一層と、強化充実していく必要があります。

また、信頼の持てる人間関係も重要です。家族、友人知人、職場の同僚や先輩、頼りになる後輩、地域の仲間、恋人、相談アドバイザー等、様々な角度から出合う人達と心が通い合う関係を築いていければ、苦しいことも半減し、楽しいことが倍増します。

人が人を排除することなく、認め合い、協力し、知恵を出し、共に生活する中で、思いやりや助け合いの心、優しい心、平和を望む心が育まれます。

人は人からの助けを受けて救われます。素敵な出会いが来るまで気楽に気長に、じっくりと生きぬいていきましょう。

本書が、お読みいただいた方々のストレス軽減や問題解決への糸口につながる事を願っています。微妙にお役に立つか疑問もありますが、最後までお付き合いいただき誠にありがとうございます。

新装版へ向けてのあとがき「ちょっと待った！　最後にそうきたか。」

その日、オイラは職場での会合後の懇親会に参加していた。懇親会では酒を酌み交わし盛り上がっていたが、二十二時を超えた頃、携帯が鳴った。携帯に目をやると、母の病院からであった。嫌な予感が走り電話に出ると、看護師長からであった。

「瀬良垣さん、先ほどお母さんが亡くなりました。」

オイラは、自宅から妻と子を呼び寄せ、病院へと向かった。病院へ着くと、母は安らかな顔をしていた。そばに立ちすくむオイラに先生から説明がされた。

「本日、〇月〇日……の死亡となります……。」

あれっ？　えっ、そうだ、今日はオイラの誕生日だ。今日？　そうきたか……。

それが、最後のメッセージかよ。難解だぞ、おっかー。

この本は、オイラの中の妙な気持ちが抑えられなくなり、二〇一七年に自費出版をしました。出版後、様々な方から感想を頂きました。

「救われた」「看護師です。この本を広げてほしい」「泣けた、笑えた、気が楽になった」等の言葉を頂きました。また、同様の悩みを抱えている方々の家族会との出会いによって元気をもらいました。高校生はこの本を参考にし「精神疾患を患う親を持つ子供」というテーマでレポートをまとめ発表を行うなど、広がりを見せています。

不思議なことに、母親を通し、様々な人と出会うことになりました。

今回、この本を読まれた方々の声を背中で感じ、全国展開のご理解をいただいた日本評論社様より、あらためて出版を行うことになりました。

これまでお世話になった、地元出版社のボーダーインク様、読者様、家族会様、高校生の皆様等にあらためて感謝します。今後ともご支援、ご指導の程よろしくお願いいたします。

母とは旅行に行ったことはないが、本を通じて共に歩む旅が始まりそうです。

「……どうやら……母は、まだ生きているようだ。」

〈著者紹介〉

瀬良垣りんじろう（せらがき・りんじろう）

1965年沖縄生まれ。

誕生から小学生までの写真がほとんどない。小学校高学年から朝・夕刊配達を行い、中学での修学旅行費を稼いだ。

高校時代は「あそ部」に属し、夏休み期間中は芝生植付け、百科事典販売、生肉の解体、土木作業員など数々のアルバイトに専念した。

高校卒業後、郵政省の試験に合格するも、採用までの期間、養豚場、石の販売、貯水タンク清掃、某B電器店などに勤務。郵政省採用後は、窓口、総務（課長）、郵便（総括課長）に勤務。かたわら労働組合の活動で支部の書記長、副支部長を、地方本部にて執行役員を経験した。

2017年３月、何を血迷ったのか早期退職。現在に至る。

気《き》がつけばみんな同《おな》じだったりする（新装版《しんそうばん》）
――統合失調症《とうごうしっちょうしょう》の母《はは》とオイラの日常《にちじょう》

2020年６月25日　第１版第１刷発行
著　者／瀬良垣りんじろう
発行所／株式会社日本評論社
〒170-8474 東京都豊島区南大塚3-12-4
電話03-3987-8621（販売）、03-3987-8611（代表）
振替00100-3-16
印　刷／精文堂印刷株式会社
製　本／株式会社難波製本
検印省略
ISBN978-4-535-56392-6
装 幀――臼井新太郎
カバー装画――坂之上正久